今を生きる

東京タワーがピンクに染まった日

アカ族の子どもたち。
（1998年）

フィリピンのスモーキー
マウンテン（1989年）

四川省成都市
一歩裏道に入れば瓦礫の山。
被害の大きさに息をのむ。（2008年）

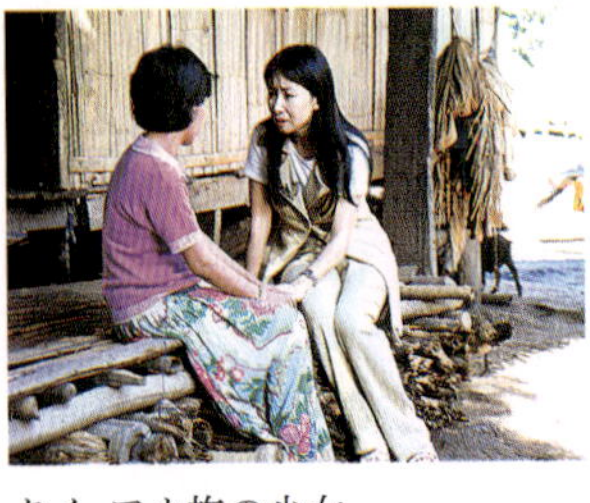

タイ・アカ族の少女
（1998年）

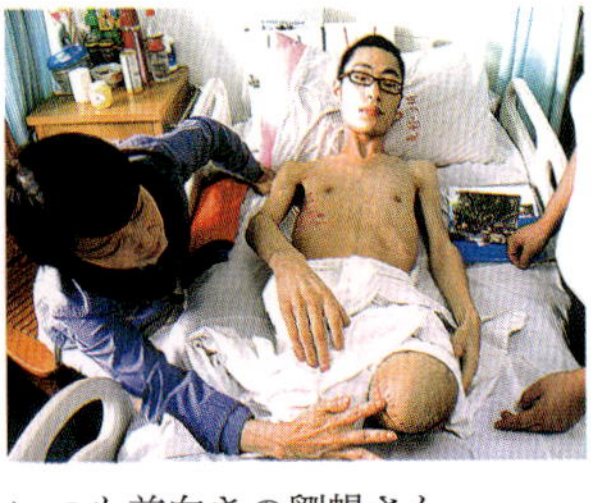

いつも前向きの劉暢さん。
（2008年）

児童買春・ポルノの問題は
私のライフワークでもある。

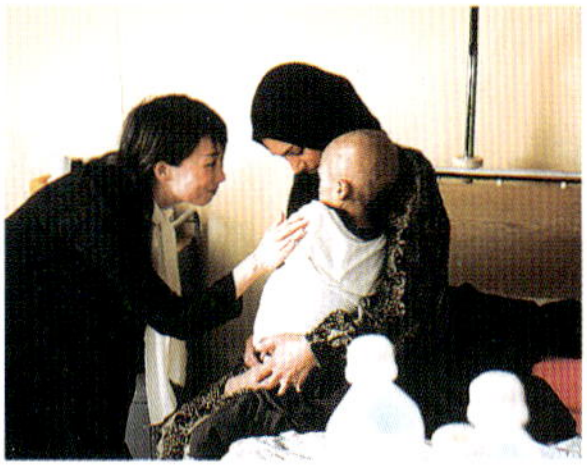

イラク(2003年)小児がんの
子が急増している。

イラク(2003年)ひまわりの
種を売っていたジェハン。

スタンフォード大学卒業(1992年)
家族みんなが祝福してくれた。

タイの山岳地帯にあるNGO施設で。
孤児の中には戸籍を持たない子も多い。(1998年)

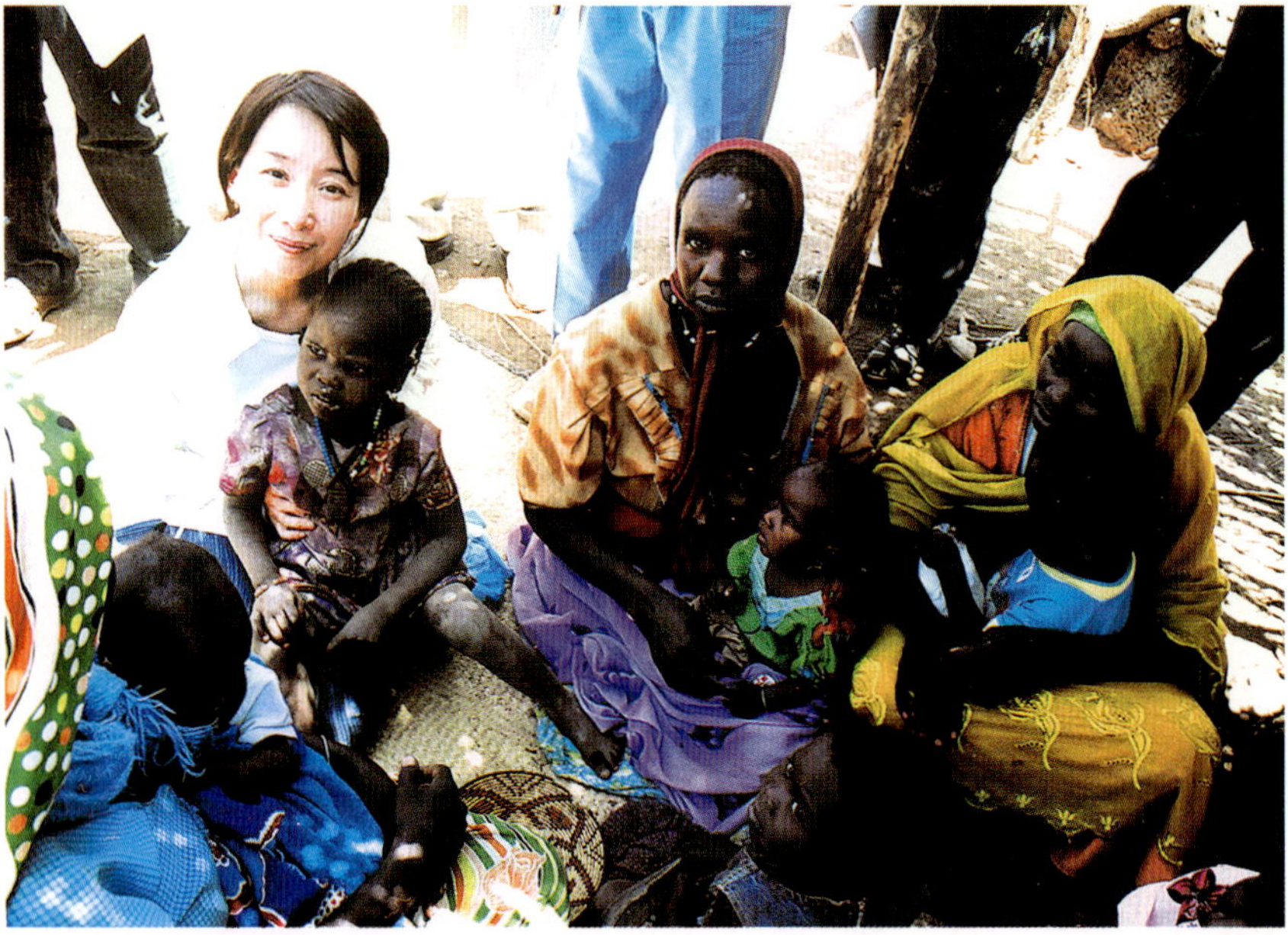

民兵に背中から撃たれて赤ちゃんを亡くしたお母さん(中央)。
傷跡が痛々しい。(2005年)

東京タワーがピンクに染まった日

今を生きる

室蘭で「リレーフォーライフ」(命のリレー)に参加した時、一人のがん患者の方が走ってきて、「今年からアグネスもサバイバーですね」と言って、紫色のスカーフを首に巻いてくれました。トラックを見渡してみると、スカーフを巻いた仲間がいっぱい。「自分はひとりではない」と実感して、なんだか、とても安心しました。室蘭の空には、澄み切った青空が広がっていきました。

私は自分の病気について、本を書く気はありませんでした。「乳がん」といっても早期発見だったので、みんなと比べれば苦労も少なく、病気を語る資格はないと思っていたのです。でも、ある日、こんなメールをいただきました。

「母はアグネスさんが乳がんになったことをテレビで知り、検査に行って、早期発見ができました。ありがとう」さらに、地方にコンサートに行ったときも、「アグネスがお風呂で胸を触ってくださいと言ったので、触ってみたら、腫瘍が見つかり、手術を受けました。おかげで、命が救われました。」と楽屋まで会いに来てくれた方がいました。

そんな言葉をあちこちで聞くようになり、自分がカミングアウトして本当に良かったと思いました。そして、少しでもお役に立てるのならば、本を書いてみようと思ったのです。

この本を書くにあたって、私は自分の人生を振り返り、今の自分を見つめ直しました。短いようで、長い人生。本当に多くの方に支えられてきたことを思うと、ひとつ、ひとつ乗り越えてきた壁でさえ愛おしく感じます。そして人生は次の瞬間に何が起こるかわからない。だからこそ、精いっぱいに生きる。惜しむように、今を生きたいと思います。

今、私には、自分より大事なものがたくさんあります。世界の子どもたち、自分の息子たち。そして地球の環境、世界の平和。それらを少しでも良くしていきたいという思いを、自分の存在をはるかに超えた、大きな力が支えてくれているように感じます。私の命はみんなの命なのだと感じます。それが私の活動の原動力になっています。

一〇月一日は、私にとって、記念すべき日になりました。この日に私は偶然にも乳がんの手術を受け、ピンクに染まった東京タワーに見守られて、命が助かったのです。その光は、今度は誰を照らすのでしょう。

私は今年九月、ご縁があって、(財)日本対がん協会の、「ほほえみ大使」に任命されました。ほほえみを通して、ひとりでもがんになる人が減るように早期発見を訴えたい。ほほえみを通して、がんの患者さんたちが明るく希望を持って生きられる世の中になるよう訴えていきたい。それが新たな私の使命になったように感じます。

涙のない人生はありません。でもほほえむ回数を増やすことはできます。だからみんなと一緒に、ほほえみを忘れない毎日を過ごしたいと思います。

この本は、二度助けられた命をかけて、心を込めて書きました。私の経験が少しでもみなさんのお役に立つことができれば幸いです。

二〇〇八年一〇月一日
アグネス・チャン

目次

第二章

東京タワーがピンクに染まった日

第三章

大きな病気を乗り越えて
――与えられた使命

第四章

命をつなぐもの
——家族、夫婦、親子

第五章

世界で出会った「生命」たちの輝き

第六章

今を生きる

――生命の輝きをあなたと

第一章

夢中で走り続けた半生

アイドル時代

私は香港《ホンコン》生まれの香港育ち、六人きょうだいの四番目です。

一四歳のときに香港で歌手としてデビューし、一七歳で日本のレコード会社にスカウトされました。

一九七二年に日本へ来て、いきなり「ひなげしの花」という歌が八〇万枚の大ヒット。その後も「草原の輝き」「ポケット一杯の秘密」「星に願いを」などが連続してヒットし、何もわからなかった小娘がアイドルの仲間入りを果すことができました。外国人である私の歌を日本のみなさんが受け入れてくれた。日本でも歌手として活動ができるようになった。その幸運は、今でも信じられないくらいです。

私が来日した年は、ちょうど日本と中国が国交を回復した記念すべき年でした。

アイドル時代の数年間を振り返ってみると、まさに「眠れない」「食べれない」という本当に忙しい毎日でした。

睡眠時間は、平均すると二～三時間。東京の調布にあるアメリカンスクールに通っていたので、スクールバスが迎えに来るのが午前六時半、それに間に合うためには毎朝六時に起きなければなりません。

朝食も食べるか食べないかでお世話になっていたプロダクションの社長宅を飛び出し、バスに乗ったらすぐに爆睡。学校までは一時間ほどかかったので、バスの中は貴重な睡眠時間でした。

そして授業が終わると、校門で待ち構えていたマネージャーに連れられて仕事場へ直行。当時は、今と違って歌番組の全盛時代、一日に、テレビ局を三つほど掛け持ちして歌っていました。

テレビ出演の合間には雑誌の取材が待ち受けています。当時はアイドル誌がたくさんあったので、楽屋はもちろん、廊下の隅でインタビューを受けたり、撮影をしたり、じっと座っている時間はほとんどありません。

テレビが終わるとラジオ番組、その後に、レコーディングと続きます。三カ月に一枚のペースでシングル、四カ月に一枚のペースでアルバムを作っていたので、ほぼ毎日のようにレコーディングです。あまりの忙しさに、新曲もスタジオに着いてから急いで覚えるということが度々でした。

レコーディングが一段落し、夜中の二時、三時ごろになると、他のアイドルも仕事が終わります。それからはアイドル同士の対談や雑誌の表紙撮影の時間です。「明星」「平凡」「近代映画」などの雑誌の表紙は、何人かのアイドルと一緒に撮影するので、みんなのスケジュールを合わせるとどうしても夜中になってしまうのです。

その後ようやく帰宅し、お風呂に入ってから学校の宿題。本を読みながら寝てしまうこともありました。アイドル時代はずっと、そんな毎日の繰り返しでした。

仕事と学業の両立

とにかく睡眠時間がなくて、少しでも時間があればすぐに眠ってしまうという毎日です。

移動の車の中はもちろん、学校でも授業が終わった途端、一〇分間の休憩時間も寝ていました。昼ごはんはなるべく早く食べ終え、図書館で昼寝。体調管理など考える余裕はありません。

仕事優先で学校には半分しか通えなかったというアイドルもいました。しかし私の父は、私が日本で歌手活動をするときの約束事として、「学業最優先」をプロダクションとの契約書に明記していました。それで、どんなに仕事が忙しくても私は必ず学校には行っていました。とくにアメリカンスクールは出席日数に厳しくて、真面目に学校へ行かなければすぐに退学になってしまいます。父との約束もあり、私も大学まで行きたかったので、何とか仕事と学業を両立しなければと必死でした。

そんな忙しい生活でも、くじけずに頑張れたのは、「日本で成功しなければいけない」という強い責任感があったからだと思います。

実は日本に来るとき、香港の家族から「せっかく香港でヒットしているんだから、香港を離れるのはもったいない。どうして日本に行くんだ」と反対されていました。私は、「外国で自分の力を試してみたい」

「日本のみんなにも自分の歌を聞いてもらいたい」という気持ちでした。

　日本のプロダクションは「香港で大ヒットした歌手だから」ということで、特別に待遇を良くして呼んでくれました。それだけに、「必ずヒットして周りの人たちの期待に応えたいな」とずっと思っていました。

泣き虫アグネス

　最初は日本語がまったくできなかったので、周囲と意思の疎通もできず、大変なストレスがありました。

　一四歳から仕事をしていたとはいえ、異国の地で、一人で頑張り続けるのには限度があります。ホームシックにもなりました。

　当時は今のように気軽に国際電話を掛けられる時代ではありません。香港に電話することは一大事。それでもたまに実家に電話を掛け、親の声を聞いた途端に、張りつめていた思いが切れて、涙があふれてしまう。そんなことが、よくありました。

　日本語があまり話せなかったので、周囲には「無口な子」と思われていて、「よく泣く子」というのでも有名でした。

　レコーディングのためスタジオに入っても、納得できるように歌えないと悔しくて泣き出してしまう。自分のラジオ番組でも、お世話になっていた当時のＤＪに優しく声をかけられたり、ファンの方から励ましのメッセージをいただくと、嬉しくて泣いてしまう。マネージャーと意思の疎通ができないと、部屋に閉じこもって泣いてしまう。とにかく、いろいろな理由でよく泣いていました。

当時は、ビザの書き替えのため半年に一度、四カ月くらいは香港に帰っていました。しかし、一時帰国しても、そこにはありったけの仕事が待っていました。東南アジアで発売するレコードのレコーディングのほかに、映画も二本ぐらい撮るし、テレビドラマも撮りました。滞在中に一年分の仕事をさせたかったのでしょう。香港に帰っても、まったく寝られない生活は変わりませんでした。

日本でデビューしてから三年間は、ずっとそのような調子で、ほとんど休みなしで働いていました。

引退を決意させた父の言葉

一九七六年、たまたま来日した父が、私の多忙ぶりを知ることになりました。そのとき、私はちょうど九州でコンサートツアーの真っ最中でした。

あのころのコンサートは、午前一一時、午後三時、午後七時の一日三回公演で、一カ所で公演したら夜はバスや電車、あるいは寝台車で次の会場に移動するという超過密スケジュール。

その多忙ぶりを三日間ずっと、父は見ていたのです。そして「こんな生活ではいかん」と、とても驚いていました。

「このままじゃ体を壊す。人間としての自

分の価値もわからなくなってしまう。今、自分のことや人生について考えなければ、人気がなくなったとき、落ち込んで道に迷ってしまう」と、本当に心から心配してくれました。それで、「誰もお前のことを知らないカナダへ留学しなさい」と叱ってくれたのです。

そのころ、私は上智大学の学生でしたが、満足に学校にも通えず、相変わらず仕事に追われ眠れない生活を続けていました。父の言葉は一つの転機でした。その言葉に突き動かされるように、私は上智大からの編入学というかたちでカナダのトロント大学に留学することを決意したのです。

芸能界を「休業」ではなくて「引退」というかたちでした。そのときは、もう日本

の芸能界にカムバックできるとは思っていなかったのです。

カナダ留学で学んだ自立心

カナダへ行ってからは、本当に心も体も解放されました。一四歳のとき香港でデビューして以来、〝自由な自分〟というものをまったく味わったことのなかった私は、一日中何をやってもいいということに驚きました。

授業をさぼっても誰にもわからない。何を食べてもいいし、太ってもいいのです。歌手のときは、「太ってはいけない」「ニキビを出してはいけない」「声をからしてはいけない」「風邪を引いてはいけない」「髪

の毛はきれいにしないといけない」と、だめなことばかりでした。けれども、カナダでは誰も私のことを知らない。メイクさえしなくてよかったのです。

　それでも最初は、「指示待ち」のような自分がいました。それもそのはずです。香港でも日本でも、いつも分刻みでスケジュールが決まっていて、誰かが車に乗せてどこへでも連れていってくれたのですから。しかし、カナダでは何でも自分でやらなければなりません。友だちをつくるにしても、誰かの紹介ではなく、自分で声をかけて仲良くなるということが、とても新鮮でした。

　車の運転免許を取り、行動範囲が広がると、少しずつ生活をどうやって組み立てていけばいいのかわかるようになり、友だちもたくさんできました。トロント大学では専攻した児童心理学は、理科系です。勉強はとても大変でしたが、頑張って途中から成績もよくなりました。そんな生活の中で少しずつ自立心が芽生え、留学によって私は自分にとても自信がついたと思います。

父の死で決意した芸能界へのカムバック

ある日、学生生活を満喫している私に、突然の知らせがきました。

　留学して半年ぐらい経ったころです。カトリックである私は教会へ行き、「神様、こんな幸せをありがとうございます。もう何も要らないぐらい幸せです」とお祈りをしました。

するとその日、家に帰ったとたん「父が病気なので早く帰ってこい」と香港の家族から連絡があったのです。

胆石の手術の失敗でした。父はその後、数カ月の間に何度も手術を繰り返し、五六歳の若さで亡くなってしまいました。

大好きだった父の死。一番身近な存在だった父の死。それは、幸せの絶頂から突き落とされたような深い悲しみとなって、私を苦しめました。


父は私のすべてを受け入れて、愛してくれた人でした。

芸能界では、「かわいいか、かわいくないか」、「売れるか、売れないか」ということがすべての価値基準です。しかし父は、「君は丸ごと、そのままでいい。何をしていても今のままの君が好き」という、条件付きでない愛情を示してくれました。

温かく、大きな心でずっと私のことを見守っていてくれた父。

その父が突然、消えてしまった。

私は日本で仕事をしていて、離れていることが多かったけれど、父とは香港に帰ればいつでも会えると信じていました。

それが、もう永遠に会えない。これからは誰が私の味方になってくれるのだろう……。そう思うと、目の前がまっ暗になりました。

父は病床で、亡くなる前に〝私〟を呼んでこう言いました。

「お母さんと弟のことを頼んだよ」

「お母さんは私が一番愛した女性だから、お母さんの言うことを聞くんだよ」

この言葉は私にとって、大きなターニングポイントになりました。父はきょうだいの誰でもなく、私に母のことを頼んだのです。いきなり大人になったような気がしました。

大好きだった父（右）

母は強い人です。しかし、父が亡くなった後は、かなり落ち込んでいました。
私は父の残した言葉を胸に、「母を励ましたい」と思うようになりました。母は昔から「歌っているアグネスが一番好き」とよく言っていました。私は母に、そして亡くなった父に喜んでもらいたいという気持ちから、日本の芸能界にカムバックすることを決意したのです。

苦労の連続

カナダから戻った後は、順調にカムバックできたわけではありません。

レコード会社も変わり、デビューしたこ

ろから一緒だった心を許せるスタッフもいなくなり、不安でいっぱいで、最初は苦労の連続でした。

　自分のやりたいことと、プロダクションがやらせたいこととのギャップもありました。

　もうアイドルとしては年齢も峠を越えているので、「大人の歌手」として売り出したいというプロダクション側。一方、メッセージ的な歌を歌いたいという私。

　父が亡くなったことがきっかけで、再び人生を見つめなおした私は、「仕事のほかに、人生の柱としてボランティア活動をやっていきたい」と心に決めていました。

　それでは双方の考えはまったくかみ合いません。


　当時の日本は、まだボランティアがあまり受け入れられていない時代でした。「それは売名行為に見られかねない」というのがプロダクションの考えでした。しかし、そのころ「大人の歌手」が歌う場といえば、クラブやキャバレーが主流です。私はそういう場所では歌いたくない。なんとも気まずい関係が続いていました。

　当時、私はイギリス領だった香港で、初めて英語ではなく広東《カントン》語で歌謡曲を歌い始め、たくさんの賞をいただきました。

　しかし、日本での仕事は相変わらずうまくいきません。一生懸命にレコードを売ろうとしても、そのころから、テレビの歌番組は徐々に視聴率が取れなくなり、番組も「歌番組」から「バラエティー」主流に変わる時期でした。歌手であってもドラマやバラエティーに出なければ生き残れない。でも私は日本語が下手で「無口なアグネス」と思われていました。「生真面目で、バラエティーには向いていない。どう売ればいいんだろう」と、スタッフもとても困ったようです。

歌がヒットしないのは本当につらいことでした。太ったり、痩《や》せたり、体重の変動も激しかったし、かなりの情緒不安定でした。ストレスから視界の一部が泳いで、台本が読めなくなることがあったり、それこそ、何かひとこと言われたら泣いてしまうような、追いつめられた精神状態でした。

貴州の子どもたちとの出会い

そんな不安定な時期を過ごしていた一九八四年、私はどうしても自分のルーツを知りたいと思い、母の故郷である中国・貴州《きしゅう》省の小さな村を訪れました。そこで、初めて会った親戚の子どもたちが、私を歓迎するために、ある歌を歌ってくれたのです。

それが、私が作って台湾で録音した「帰って来たつばめ」という歌でした。

当時の中国は、台湾の歌を歌うことも聴くことも許されなかった時代です。山奥の田舎の村に住んでいる子どもたちが知るはずもない歌です。

それなのに、私の歌をみんなで歌って歓迎してくれた！　聞けば、何年か前に、母が親戚に古着を送ったとき、一本のカセットテープをその奥にしのばせていたというのです。それをみんなが一生懸命に練習してくれていた。

歌は国境や時を越えることができる。離れ離れになった親戚の心を、そして、人と人の心をつなぐことができる——。

そう思うと止めどなく涙があふれてきました。そ

貴州にて、出迎えてくれたたくさんの人たち（左は母）。

してこのとき、「絶対に子どもたちのために歌おう」、「中国でチャリティーコンサートをやろう」と心に決めました。

歌のすばらしさを、歌手としての人生の目的を、改めて教えてくれた貴州の子どもたち。私はそれまで、「歌手は売れなかったら意味がない」という〝常識〟の中で育てられてきました。

もちろん、歌手として第一線で売れることは大切です。けれども子どもたちの

歌声を聴くうちに、「それは違うんだ」と思いました。私は〝植民地〟香港で生まれたので、中国人だけれど国籍はイギリスです。私の台湾の親戚と中国の親戚は自由に会うことができないけれど、私はイギリス国籍のおかげで、いろいろな国で歌うことができる。

私のような歌手は、歌でどこまで人と人の心をつなぐことができるかということが大切なのではないか――。

そう強く感じました。

歌には翼があります。歌は人が超えられないタブーも超えられる。だから人々の思いを〝歌の翼〟に乗せていくことが大切なんだ――。そのことに気づいたのです。

当時、台湾と中国の関係は、今よりもずっと難しく、政治の壁が厚かった時代です。祖国が分裂したために、多くの悲しい物語も生まれています。「でも、台湾の親戚も中国の親戚も、会ってみたら同じ人間同士。同じ歌を聞いて、同じ郷愁にひたっていたんだ。そうか、きっと歌だったら壁を越えられる」そう確信しました。

そのころ中国本土の人々は、まだまだ厳しい生活を送っていました。「だからこそ、みんなのために歌いたい」という一心でした。

帰国してから、私はプロダクションに自分のやりたいことを懸命に訴えました。そして、一九八五年四月、中国・北京《ペキン》の「首都体育館」で、〝初めての帰国歌手〟として念願のチャリティーコンサートが実現したのです。

仕事・ボランティア・家庭

チャリティーコンサートが転機となり、プロダクションもボランティア活動を認めてくれるようになりました。そして一九八五年六月、日本テレビのチャリティー番組「24時間テレビ」のメインパーソナリティとなった私は、初めてアフリカのエチオピアを訪問しました。

目的は、その年のテーマ「アフリカ飢餓《きが》救済」のための現地視察でした。

それは衝撃《しょうげき》的な光景でした。目の前で子どもたちがバタバタと倒れ、亡くなっていくのです。同じ世界の中で生活しているの

に、こんなにも飢えて、こんなにも戦争や干ばつで苦しんでる子どもたちがいる。とても信じられない現実でした。

こんな惨事《さんじ》は、絶対に繰り返してはいけない。こんな現実を見てしまった自分には責任がある。これからは子どもたちのためにできるだけのことをしたい。

それ以来私は、〝自分の意思〟を強く持つようになりました。そして、仕事という人生の柱とは別に、もう一本の大きな人生の柱として、「私なりに、できるかぎりボランティア活動をしていこう」と、心に誓《ちか》ったのです。

そのころは、後に夫となる金子に担当マネージャーが替わった時期でした。金子の

アドバイスで、私はバラエティー番組にも出演するようになりました。

「何もできない」と言う私に、金子は「思い付いたことをどんどん言えばいい」と言ってくれました。すると、私が何かひとこと、言えば言うほどみんなが笑ってくれるのです。ちょうど「天然ぼけ」の走りだったようで、思いがけず私のキャラクターが世の中に受けたのです。

　彼は私のボランティア活動にも賛同してくれました。そして、「理屈は後でいい、まず体を使って行動してみよう」と、エチオピアのほか、カンボジアやベトナムの視察にも一緒に行ってくれました。今思えば、彼はいつも私のそばにいて、いつも私を見守ってくれている存在でした。ボランティアの道は二人で切り開いてきたものです。

　そして一九八五年のクリスマスに金子と結婚。「仕事」と「ボランティア」と「家庭」という人生の三本柱ができあがりました。これが私にとっては、ちょうどバランスが取れて、一番いい状態です。この三本柱の何か一つが欠けても、私の人生はバランスが悪くなってしまうような気がします。

アグネス論争

結婚してすぐに長男の和平《かずへい》を妊娠し、八六年一一月に出産しました。

私は、児童心理学を学んだこともあり、ハイハイしたり、しゃべったり、立ったりという、あらゆる新しい体験をする時期である一歳半までは、子どものそばにいたいと思っていました。

当時はレギュラー番組をたくさん抱えていて、仕事先からは早期復帰を切望されていました。それで先方の了解を得て、仕事場に子どもを連れて行くというかたちで翌年の二月、仕事に復帰しました。

それがきっかけで、働く女性が子連れで出勤することの是非を問う「アグネス論争」が起きたのです。

私は、よく子連れで仕事場に来る香港の芸能界の先輩たちの姿を見てきました。

「女性は、結婚して子どもが生まれても働くのが当たり前」ということが当然のこととして自分の頭の中にもあったので、最初はこんなに大きな問題になるとは思ってもみませんでした。

しかし本格的な少子高齢化を前に、時代は子どもを持ちながら働く女性の生き方に注目したようです。立場の違うあらゆる人々から賛否両論が巻き起こり、私は渦中の人となってしまいました。

とうとう国会の「人口問題に関する調査会」に出席を求められ、私はこう発言しました。

「日本はまだ、子どもと働く母親にとって厳しい社会です。私の周りにも苦労している人が大勢います。職場にも託児所を作るなど、何とか働く母親と子どもを社会全体で支援しないといけないと思います」

こう社会的な発言をしてしまったら、さらに大論争となり、この論争は約二年間続きました。こうした一連の現象はアメリカの雑誌「タイム」にまで掲載され、まさに女性史に残る社会現象になったのです。

この間、私は、私を支えてくれるスタッフのためにも、私を応援してくれる仕事先のためにも、「アグネスを使って本当によかった」と思われるように、必死になって、できるだけ周囲に迷惑をかけないようにと細心の注意を払って仕事をしました。

子どもが生まれてからは、どんなに仕事が忙しくてもずっと元気でした。守るものができると、人間は強くなります。「この子を幸せにしたい」という一心です。それが人間としての自分を育て、強くしたのでしょう。

「子どもの存在ってすごいな」と思います。和平は、赤ちゃんのときには亡くなった父にとても似ていました。和平を見ていると、和平の中に、父が生きているような気がしました。命って不思議です。私の産みだしたこの命を何としても守りたい。その思いは、日に日に強くなっていきました。

アメリカに子連れ留学

アグネス論争がタイム誌に取り上げられたことがきっかけになり、アメリカのスタンフォード大学の教授から「男女学を学びませんか」と留学の誘いを受けたのは、一九八八年のことです。

「男女学を学べば、歴史的・経済的な側面

から、なぜこの論争が起きたかわかるはず。そうでなければ、ただの芸能人の子連れ騒ぎで終わってしまいますよ」

教授の言葉に納得した私は、思いを固めました。ところが、そのとき次男の妊娠に気づいたのです。大学で授業が始まる一〇月はちょうど臨月になります。そこで教授に電話して「一年延期したい」と言ったら、すぐに「妊娠したのですね」と言われました。

「女性は子どもを産むものです。それなのに子どものせいにして留学しないのですか。子どもが大きくなったとき、お前のせいで留学をあきらめたと言うのですか」と言うのです。

そして、「大丈夫ですよ。安心してアメリカに来なさい。ここでは子どもを預けながら研究ができますよ」と励ましてくれました。

「二人が元気ならば、多少、経済的な面で不安があっても、どうにかなるさ」。個人事務所を立ち上げたばかりの夫も楽観的で前向きな考えでした。

そこで、二歳九カ月の長男を連れ、臨月での留学を決意しました。一九八九年九月のことです。

山ほどの宿題

スタンフォード大学はアメリカのIT産業の中心地、カリフォルニアのシリコンバレーにあり、全米トップクラスの大学なので、勉強は本当に大変でした。

けれどもキャンパスの近くに家を借りて新しい暮らしが始まり、和平が学内にある保育園に通いだしたりと、楽しいこともたくさんありました。

そして一一月に、次男の昇平《しょうへい》が誕生。子ども二人を抱えての子連れ留学がスタートしました。

この間、夫は日本で仕事をしていたので、私は子どもを連れて授業に出席したこともあります。家では子どもたちが寝てから夜中まで勉強。朝は和平を保育園に送り、昇平をベビーシッターに預けて授業に行き、おっぱいの時間になると家にとんぼ返りして授乳するという毎日でした。やっぱり寝る暇などありません。日本でのアイドル時代と同じです。

宿題が山ほどあり、一日に本を二冊も三冊も読まなければなりませんでした。「これを明日までに読む？うそでしょう？　私はこの授業だけ取ってるんじゃ

アメリカ留学中。教授（右）の話に耳を傾ける。
抱っこしているのは長男・和平。

ないんだけど！」と言いたくなるほどの量でした。

大学院の授業では、教授はほとんど何も教えません。本を読んできてみんなで議論し合うだけなのです。だから授業中に黙っていれば、宿題をしていないことがすぐにわかります。結果、要領よく大量に、速く本を読むことができるようになり、とても鍛えられました。

親友と呼べるような友人もできました。「図書館に行くなら子ども、預かるわよ」と、明日はペーパーテストがあるという日に限って現れる友人、突然やってきて半日子どもを遊びに連れていってくれる友人など、友人や母親同士の助け合いのおかげで私は勉強を続けることができたのです。

子連れ留学は本当に貴重な体験でした。そのおかげで、私は自分の意見をしっかりと言えるようになり、「女性であることで、決して小さくなることはない」ということを教わったのです。

短距離ランナーが
マラソンランナーへ

すべての単位を取得し、卒論の下書き審査をパスして、私は一九九二年に帰国しました。その後、働きながら日本で論文の仕上げに取りかかり、九三年末に完成。そして九四年の春、教育学博士号を取得しました。

後から聞いてみると、香港の家族も夫も、

誰も本当に私が博士になれるとは思っていなかったそうです。

卒論を仕上げるのは本当に大変でしたが、スタンフォード大学教育学部の歴史に残る最短でパスすることができました。

「博士になった」という喜びよりも、「やるべきことをやり遂げた」という充実感が一番大きかったように思います。子どもを連れ、仕事をしながら取得した学位だったので、よけいに自信につながりました。

大学院卒業後は、ハイペースだけれどマイペースで仕事をこなしていくようになりました。芸能人としての仕事のほかに、いくつかの大学で教え、ボランティア活動も続け、講演会やシンポジウムへの出席など、どちらかというと文化人的な活動に比重が置かれるようになっていきました。

そして、一九九八年、日本ユニセフ協会の大使に任命されました。

結婚し、独立して事務所を設立してからは、自分で仕事をコントロールできるようになり、仕事と家庭とボランティア、三本柱のバランスがうまくとれるようになったのです。しかも一九九六年、四一歳のときには三男の協平《きょうへい》が生まれ、家族は五人に増えました。

日本でデビューしてから三五年。香港時代も含めれば、私は一四歳から三八年間、夢中で走り続けてきました。「短距離ランナー」だと思っていた自分が、こんなに長く走り続けてこられるとは夢にも思いませんでした。「これからの私はマラソンランナーになるのかな」「いつまで走り続けられるのかな」そんな思いが頭をよぎりました。

第二章

東京タワーがピンクに染まった日

三五周年の平和プロジェクト

「もう一度、歌手として本格的に仕事をしてみませんか」

二〇〇〇年、子育てが一段落したころ、レコード会社から誘われました。それまでの私は、童謡や子守唄ばかり歌っていましたが、今度の曲は大人の恋の歌です。母親としてのイメージから、大人の女性へとイメージチェンジし、一生懸命、新しい歌の世界にチャレンジしました。その結果、「この身がちぎれるほどに」という歌は、予想以上のヒット曲となり、もう一度、歌手として定期的にレコードを出せるようになりました。

そして二〇〇六年の夏、一つの思いが浮かび上がってきました。

「これまで日本での活動を支えてくださったみなさんに感謝し、私なりにできるかぎりの恩返しがしたい――」そう思いました。

二〇〇七年は、日本でデビューして三五周年を迎える記念すべき年です。

私が来日した一九七二年は日中国交回復の年でした。この三五年間、日本と中国の友好と平和がなければ、私が日本のみなさんに応援していただくこともなかったはずです。

そこで、「平和」をテーマにした曲を連続してリリースし、「平和コンサート」で全国をまわる計画を立てました。

さらに、中国でも平和コンサートを開催したいと思って、打診してみました。

「人民大会堂でコンサートをするのはいかがですか」

中国政府直轄の文化部から思いがけない返事が返ってきました。とても驚きました。

人民大会堂は、日本の国会議事堂に当たる由緒ある場所です。会場となる万人礼堂は三大テノールの一人であるルチアーノ・パヴァロッティ氏（故人）などが公演をしていますが、私のようなポップス系の歌手のソロコンサートは、異例どころか、初めての試み。私は感激して、何としても日中友好の象徴《しょうちょう》となるような平和コンサートにしようと心に決めました。

こうして、三五周年の平和プロジェクトがスタートしました。

しこりを発見

私はそれまで、あまりにも元気だったので、周囲からは冗談で、「タフネス・チャン」と呼ばれるほどでした。その「タフネス」に、突然思ってもみなかった出来事が襲《おそ》いかかってきました。

人民大会堂でのコンサートは、二〇〇七年九月二五日と決まっていました。ところが本番一カ月前になって、中国の文化部から、「共産党大会の前に会場を修理しなければいけなくなったので、延期せざるをえない」と、電話がかかってきました。

　準備も手配もすべてできており、後は本番に挑むだけだったので、とてもがっかりしましたが、仕方ありません。年内のスケジュールを調整したら、奇跡的に一日だけ代替可能な日がありました。コンサートは一〇月三一日に延期されることになりました。


　右の乳房に小さなしこりを見つけたのは、九月一九日の朝でした。

　普段なら、のんびり家で過ごす時間などめったにありません。それが人民大会堂のコンサートが延期になったので、その日は久しぶりに時間に余裕があったのです。

　三男を学校へ送り出し、珍しくソファー

に寝転がってテレビを見ていたときです。右の胸に「あれ、ちょっと違和感があるかな」と感じました。

　ニキビができたときのような、とても小さな感覚です。さわってみると、「もしかして」というしこりを発見しました。小さなジェリービーンズのような……。それは、おそらく、もう一度さわったらわからないという感じの、とても小さなものでした。

健康に自信があった私

　私はたばこもお酒も飲まないし、人いちばい食事にも気を付けていたので、至って健康だと思っていました。この三五年間、病気で仕事に穴を空けたことは一回だけ。そのときは、テレビ番組で食べた物にあたって二日間入院しましたが、それ以来、体調を管理するために、おなかを壊しそうなものは食べないし、生水も飲まなくなりました。

そして少しぐらい具合が悪くても、薬はできるだけ飲まず、漢方とスープで体調を整えて、忙しい毎日を乗り切っていました。

二〇〇六年の暮れには唾液腺腫瘍《だえきせんしゅよう》を経験しましたが、唾液腺腫瘍は良性のケースが多く、遺伝が一つの要因です。悪性なら大変でしたが、私の場合は良性でした。手術のあと、顔面麻痺《まひ》が三カ月ぐらい続きましたが、それも何とか乗り越えられました。

それなので健康には多少、自信がありました。しかし、胸に小さなしこりを見つけたときはなぜか「もしかして」と思ったのです。

実はその二、三週間前、私は関西で行われた、がん患者とその家族を支援するチャリティーイベント「リレー・フォー・ライフ（命のリレー）」にゲストとして参加していました。

「リレー・フォー・ライフ」とは、がん患者や家族、支援者たちが夜通しリレーをしながら歩き続けることで絆《きずな》を深め、地域社会全体でがんと闘う人たちとの連帯を育《はぐく》んでいこうというイベントです。一九八五年にアメリカで始まり、現在は世界各国で開催されています。

私は二〇〇六年、日本で初めて行われた

イベントの様子をＮＨＫのスタジオゲストとして見る機会がありました。このとき、がん患者の方たちの歩く姿にとても感動したので、ゲストとして現地でリレーに参加し、みなさんに会えることを楽しみにしていました。しかし、この一年の間に、何人かの方が亡くなっていたのです。そのショックを味わったばかりだったので、心のどこかにピンとくるものがありました。

しこりを見つけたその日、仕事の前に、かかり付けのクリニックに行くことにしました。いつもならありえないことです。普段ならば多少体調が悪くても、スケジュールが詰まっていて病院に行く時間などないし、検査に行くこともありません。

たまたま時間があったので、三人の息子のお産でお世話になった近くの産婦人科クリニックの先生に連絡しました。すると、「あら、四人目ですか」と言われる始末《しまつ》です。「違います、先生に相談したいことがあるんです。今日大丈夫ですか」と話して、すぐに向かいました。

クリニックには子どもを産むときぐらいにしか行かなかったので、不安よりも先に久しぶりに先生にお会いすることが嬉しいという気持ちだったような気がします

触診され、超音波検査をした後、「念のため専門医を紹介しましょう」と言われました。先生は終始、ニコニコしていました。

「実は私もこの前、心配で検査したけど、何ともなかったの。あなたも大丈夫だと思

うけれど、やっぱりきちんと検査してみたほうがいいわ」

いくつか病院を教えてくれた中から、聖《せい》路《ろ》加《か》国際病院を選びました。聖路加国際病院には乳がんのためだけのチーム「ブレストセンター」があります。患者に評判がよく、有名な先生たちもいらっしゃるということでした。

組織検査

人民大会堂のコンサートが延期され、たまたま家でゆっくりしていた日にしこりに気づき、たまたま時間があったから病院に行った――。

もし、小さなしこりに気づかなかったら、

病院に行かなかったら、忙しさに追われて手遅れになっていたかもしれません。その日に病院に行けたのは本当に不思議です。偶然ではなかったと思っています。

聖路加国際病院に行くまでの間に、「乳がんなのかな」という思いがだんだん強くなりました。お風呂に入って胸をさわると、しこりがとてもよくわかったからです。

紹介された聖路加国際病院に行ったのは、二日後。

担当が男性の医師だったので、最初は正直言って、上半身裸になることに抵抗がありました。でも、そんなことを言っている場合ではありません。「がんじゃなかったらいいな」と心の中で祈っていました。

まず触診し、超音波の検査、それからマンモグラフィーを受けました。私のしこりがあったのは右の胸です。乳がんの多くは乳房の上部にできるそうですが、私の場合は外側の下部にありました。

それらの検査結果を見て、担当医師は「組織を採《と》って詳しく調べましょう」と言いました。組織を採るというのは、普通はその日にはやらないことが多いそうですが、すぐにいろいろな書類にサインをし、手術室に入りました。麻酔をし、組織を採るために大きなストローのようなチューブがしこりの部分に挿《さ》し込まれると、シュッシュッと怖い音がして、すごく嫌な気分でした。

処置自体は二〇分ぐらいだったと思いますが、とても長く感じました。すべての検査に対して「最後まで我慢《がまん》」と覚悟はしていました。しかし、まさかその日のうちに組織を採る検査までするとは思っていませんでした。

「検査に出して詳しく分析します。一週間ぐらいで連絡しますから」と言われ、その後、包帯をして、すぐ仕事に向いました。けれども、麻酔が切れてからは患部が痛みだし、ブラジャーもできず、スーツも着られず大変でした。

不安な時間

検査結果を待っていた間は、割合に冷静でした。「今から心配しても仕方がない。結果が出てから考えよう」と思っていました。

その間は地方へ仕事に行ったりして、ずっと毎日忙しかったので、あまり余計なことを考えずにすんだのかもしれません。「でも予備知識だけは持とう」と思い、インターネットで情報を収集したり、英語の文献で乳がんの治療法を読んだりして勉強はしていました。

私は食事にも気をつけていたし、親戚の中に乳がんの患者もいない。子どもを産んで三人とも母乳で育ててきたので乳がんの発生リスクは低いはずだ。そう思っていました。しかし、担当医師によれば、「最近はリスク要因など関係ない。環境の問題とか、食材とか、原因はよくわからないのだが、乳がんは実際、ずいぶん増えている」


ということでした。

私はボランティアや仕事で、いろいろな外国へ行っています。二〇〇三年にはイラクへも行ったので、そのとき被曝したおそれもあります。

イラク戦争では、アメリカ軍が大量の劣化ウラン弾を使ったと言われています。私は終戦一カ月後に南部の「バスラ」という町に入りましたが、その入口には「死のハイウエー」と呼ばれる道があり、その両側には破壊された戦車や軍用車が野ざらしになっていました。そのすぐ近くまで入っているので、被曝した可能性もあるかもしれない。もしかしたら、そういういろいろなことの積み重ねがあったかもしれない。そんなことを漠然《ばくぜん》と考えながら、長い不安な時間が過ぎていきました。

乗り越えた
唾液腺腫瘍の経験

二〇〇六年に香港で手術をした唾液腺腫《だえきせんしゅ》瘍《よう》の検査は至って単純でした。超音波を見て「はい、終わり」。医者が来て、ちょっと患部をさわって、「はい、手術です」。それがすべてでした。

「良性か悪性かわからないけれども、それを調べる必要もないでしょう。事前に組織を採って調べて、もし悪性だったら、手術を待っている間が余計に苦しくなるだけだし、良性でもそのままにしておけば悪性になってしまう可能性がある。いずれにしても手術するしかない。だからとにかく手術しましょう」と言われて、うなずくしかありませんでした。

このときは初めての手術だったので、アメリカに留学中の長男と次男も香港まで来てくれました。でも、「ママの手術の後、お正月をゆっくり香港で過ごせるね」というような、割と軽い気持ちでした。

夫は、「もし悪性だったら大変だけれども、悪性だったら悪性だったときで、そのときはそのときだ」という考え方をする人です。深刻に悩むこともありませんでした。

ただし、「不安がなかった」と言えばうそになります。親戚の一人に同じ病気にかかった人がいて、彼女は悪性でした。そのためリンパ腺も神経も全部取ったので、顔の半分が大きなダメージを受けました。

「手術の結果、患部が陥没してしまう人もいれば、人によっては、目が開きっ放しになったり、反対に開けることができなくなってしまう人もいます。よだれがずっと流れっ放しになったり、そういう障害が残る人もいます」

医者の話を聞いて、不安になった私に、

「多分大丈夫だろう。それに、もし顔がだめになったとしても命は大丈夫。命があれば何とかなる。だからそんなに心配するのはやめよう」と夫はいつものように楽観的。

「いろいろ考えたって切ってみなければわからない」と覚悟を決めて手術を受けました。

ところが、後から聞いてみると、実は大変な手術だったようです。香港にいるすぐ上の姉、ヘレンの夫婦はともに医師で、姉は私の主治医でもあります。私が手術室に入った後、姉たちは控え室で、「良性だったら二時間半から三時間ぐらい。でも、もし悪性だったら四、五時間かかる。四時間を超えたら、良くないかもしれない」という話を家族にしたそうです。それからは、みんなで時計とにらめっこ。「良性だった！」という一報を聞いたときは、みんな胸をなでおろしたということでした。

手術後は顔に麻痺《まひ》が残りました。ものがうまく食べられないとか笑えないとか、いろいろなことがあり、苦労はしました。けれども、良性だったということが一番でした。

夫の言うとおり、「麻痺が残ったといっても、指を切っても一カ月ぐらいは元の感覚に戻らないのだから、そんなのは当たり前。一〜二カ月したらなんとかなる」と考えるようにしていました。その結果、顔面麻痺は確かに三カ月後には良くなったのです。

その経験があったので、夫は、「いろいろなことがあっても、きっと今回も大丈夫。多分良性だろう」と考えていたようです。

乳がんの宣告

検査の結果が出た日は、九月二五日。なんと、この日は人民大会堂でコンサートをするはずの日でした。

担当医師からは「検査結果は電話で知らせます」と言われていたので、夜、仕事から戻ってベルが鳴るのを待っていました。気づいたらもう夜遅くなっていたので、夫がこちらからかけることにしました。

担当医師が出てしばらくすると、結果を聞いていた夫の顔が見る見るうちに暗くなっていくのがわかりました。

「ああ、やっぱり乳がんなんだ」と思うと、頭の中が真っ白になり、いろいろな思いが浮かんでは消え、胸がつまりました。すぐに夫の運転で病院に向かいました。

車の中で、私は泣いていました。

なぜ私が乳がんなの？　自覚症状はまったくなかったし、疲れるということもない。唾液腺の手術を乗り越えたばかりなのにどうして？　どうして私なの……？

悔しくて次から次にあふれる涙を抑えることができませんでした。

香港にいる母より先に死にたくない。まだ一〇歳の三男、協平《きょうへい》が一五歳になるまではなんとか見届けたい――。そんな思いが込み上げてきました。

私は子どもが一五歳になるまでは、親が全面的に責任を持って子育てをすることが大事だと思っています。だから、そこまでは何とかして生き延びたい。それなのに、病気になってしまった――。そう思うと、乳がんになってしまった自分が悔しくて悔しくて、たまりませんでした。

夫は黙って車を運転していました。しかし、泣いている私を見て、「まだ先生の話

も詳しく聞いていないし、どういう状態かわからないんだから泣くのは早い。人間は寿命が来れば誰だって死ぬ。寿命が来なかったら死なないんだから絶対に大丈夫」と、励ましてくれました。

実は、私も死ぬ覚悟は、いつもできていました。ユニセフの活動などで戦時中の国や病気がたくさんある国へ行って、多くの人の死に直面していたからです。イラクやスーダンへ行ったときには、万一のために遺書も書きました。しかし、いざ自分の目の前に死の恐怖が迫ると、「子どもが一五歳までは生きたい」という「生」への欲があるのだということに、そのとき初めて気が付きました。

もし、頑張って延ばすことができるのな

ら、三男が一五歳になるまでは、やはり頑張りたい——何とか生き延びたい——。

そんな気持ちでいっぱいでした。

手術の日程を決める

夜一一過ぎに病院へ着くと、表の電気は全部消えていて、担当医師だけがブレストセンターの部屋に一人で座っていました。担当医師は超音波などの検査データを見せながら、検査の結果と今後の治療の方法を説明してくれました。

私の乳がんは初期の「粘液《ねんえき》がん」でした。

担当医師によると、「粘液がん」というのは乳がん全体の中でも三パーセントしかない珍しいがんで、粘液の中にがん細胞が浮いている状態で存在しているということでした。アメリカには比較的多いのですが、日本の場合は少なく、性質のおとなしいタイプのがんで、幸いにも私の場合は、ごく小さな、初期のがんということでした。

「治療法は、まず手術をして、がん細胞とその周りの組織を取らなければいけません。手術後は、放射線治療をして、必要であれば化学療法もして、その後にホルモン治療をします……」

担当医師に治療の大体の流れも説明してもらいながら、そのとき私は、「乳房の温存はあきらめよう」と思っていました。ヌード写真を撮ることもないので、手術の傷はいくらでも下着で補正できる。乳房に未練はない。ただ、とにかく三男が一五歳になるまでは生きていたい。そういう思いでいっぱいでした。

転移は少ないタイプのがんということでしたが、「リンパ腺に転移しないためにも、手術は早いほうがいい」ということになりました。

夜中の一時近くまで担当医師と相談し、手術の日にちを調整しました。年末までスケジュールの空きはまったくありません。ただ、当初、二五日に予定していた人民大会堂のコンサートの後に、休養のため五日間の休みを取っていました。そのスケジュールもすでにレコーディングで埋まっていましたが、これは延期できるので、一〇月一日から五日までの五日間は何とか空けられる。


「でも、六日には長野で平和コンサートを行う予定なので、何とかこの五日間の間に手術をして、退院させてほしい」とお願いして、やっと手術の日と入院の日にちが決まりました。

九月三〇日まで仕事をして、その夜に入院、一〇月一日に手術、五日に退院という強行スケジュールですが、仕事先やお客様に迷惑をかけることはできません。

「無理をしても何とか手術の影響を最小限にとどめたい」。病気の心配もあったけれど、一方で、〝仕事人〟としての責任も感じていました。

大きな力に動かされて

初めて掛かりつけの産婦人科クリニックに行ったのが九月一九日。その二日後の二一日に聖路加国際病院に検査に行き、結果が出たのが人民大会堂でコンサートをするはずだった二五日。

いつもなら仕事のスケジュールが目白押しで、どうやりくりしても一週間の入院期間など取れないはずなのに、急なコンサートの延期でたまたま日にちに余裕ができて、入院することができた。

しかも、もしコンサートの延期がなければ家でゆっくりする暇もなく、自己発見はできなかったかもしれない。

一連の出来事を考えると、何か、不思議な大きな力で動かされているような気がしてなりません。

たとえば、手術の前にはいろいろ細かな検査をする必要があります。しかし、乳がんの宣告を受けた翌二六日には私は上海《シャンハイ》に行くスケジュールが決まっており、その後も手術当日まで毎日仕事が詰まっていて、とても検査を受けられるような状態ではありませんでした。

担当医師も、事前の検査を入れるだけでもなかなか予約が取れない先生なのですが、偶然、予定が一五分空いていたとか、一〇分空いていたとかいう時間帯があり、なんとか検査を受けることができました。もちろん担当医師の努力のおかげもあります。

しかし事前の検査も含めて、私の手術の日程が決まったことは奇跡的なことでした。

　担当医師との話が終わり方針が決まったところで、真夜中でしたが、マネージャーに電話をして、乳がんのことを伝えました。

　唾液腺腫瘍《だえきせんしゅよう》のときは仕事に穴をあけることはなかったので、周囲に迷惑をかけまいとスタッフにも知らせず、家族だけで乗り切りました。しかし、乳がんに関しては、どうしても仕事に影響が出るため、スタッフ全員でバックアップしてもらわなければ仕事先にも迷惑がかかります。

「みんなで協力してこの困難な状況を何とか乗り切ろう」ということになりました。

家族に報告

　翌二六日は、上海に飛ぶ前に、手術のために必要な検査を受けました。

　上海での講演会を終え、二七日に戻ってきてからは、二八日は奈良、二九日は福岡、三〇日は島根と連日、仕事が続きましたが、仕事に行く前の時間をやりくりして、なんとか超音波やＣＴの検査を受けることができました。


　がんを宣告されて、私は気持ちを切り替えました。

　実際、がんを宣告されて自分がかわいそうなどと思っている余裕もありません。

私は「どうやって手術を受け、その後どうやって治療すれば、周囲にかける迷惑を最小限にできるのか」ということばかり考えていました。

子どもたちにも知らせました。

一緒に住んでいる三男に「ママのおっぱいに腫瘍が見つかった」と英語で伝えると、「冗談でしょ?」と驚いていました。「本当だよ、でも初期だから大丈夫。手術はしなくちゃいけないけどね」と説明しました。

アメリカへ留学中の長男と次男にはメールと電話で知らせました。高校生の次男は受験生なので帰国できません。しかし長男は、手術前日の三〇日に日本に帰ってきてくれることになりました。

私の主治医でもある姉のヘレンには、最初の検査をしに行ったときに電話で相談し、結果も知らせていました。

唾液腺腫瘍のときのように香港に帰って手術を受けるという選択肢もあったのですが、「今回は手術しておしまいということではない。その後に長くいろいろな治療を続けなければならないので、日本で手術を受けるべき」というのが姉のアドバイスでした。姉は手術の前日の夜に、出張先の上海から飛んできてくれることになりました。

香港の母は、電話で乳がんであることを告げると、知り合いの名前を挙げて、「この人も、あの人も、乳がんだった。けれども生きている。大丈夫だ、頑張ってこい!」と励ましてくれました。母の力強い言葉を聞いて、「よし、頑張ってこよう」と思いました。

全摘を覚悟

三〇日、島根での講演会を終えて一度自宅に戻り、その晩、入院。

一番心配していたのはリンパ腺に転移があるかどうかでした。病院に駆けつけてくれた姉のヘレンは、「命が第一なのだから、リンパ腺にちょっとでも転移があったら、乳房にこだわることはない。全摘（乳房の全部を摘出）してしまったほうがいい」という考えでした。

日本では現在、乳房温存法が主流ですが、アメリカや香港では、今はまた全摘法が増えているというのです。

「全摘すると術後に放射線治療や化学療法、ホルモン治療をしなくていいことが多く、あとの治療がとても楽で、術後の再発の心配も少ないので、とくに年を重ねた人は全摘法にするケースが増えている」ということでした。

考えた末、私は、全摘にしようと覚悟を決めました。そこで、最終的な確認のときに、「もしちょっとでも転移の可能性があったら全摘にしてください」と担当医師にお願いしました。

担当医師は驚いた様子で、「いやいや、温存手術で大丈夫ですよ。手術のときに、転移しているかどうかわかってから決めましょう」と言いました。そこで「転移していなければ温存法。もし転移をしていたら全摘にしてください」と決意を伝えました。

執刀する場所を確認する乳房のマーキングは、二九日に一度して、手術の当日にもう一回しました。

人間はおかしなもので、そのころにはもう、医師に乳房を見せるのも平気になっていました。「上半身裸になってください」「はいはい」という感じです。最初の検査のときには嫌で仕方なかったのですが、恥ずかしがっている暇はありません。「乳がんになった以上、おっぱいはみんなに見せるもの」と自分に言い聞かせて、〝まな板の上の鯉《こい》〟の心境になりました。

マーキングは医師が超音波を見ながらマジックで書いてくれます。香港では、よく

豚を丸ごと市場で売っています。その豚も体にマジックでマーキングをされるので、何となく自分が豚になったようで、複雑な気がしました。

手術室へ

一〇月一日、手術当日は朝から最終の検査を行い、昼から手術の予定でした。当日は早朝に夫と長男が来てくれました。

手術の前夜は、結構落ち着いていられたと思います。

主治医の姉も一緒に手術室に入ることが許可されており、何かあったとしても、最後の様子を伝えてくれる人がいると思うだけで落ち着きました。

死に対する大きな不安はありませんでした。ただ、父が手術の失敗で亡くなっているので、私にとって手術はトラウマです。どんな簡単な手術でも間違いはありうる。あるいは麻酔だけでも死んでしまうケースがあるので、「絶対に大丈夫」という保障はないのです。前夜は眠る前に、「無事でありますように」と何度も繰り返しお祈りをしました。

「協平は元気に学校へ行ったよ。家のことも仕事のことも何も心配することはない。命さえあればいいんだから、何があっても大丈夫。じゃ、行ってらっしゃい」

夫にそんな言葉をかけられ、車イスに乗り、手術室に向かいました。

信頼する姉のヘレンが手術を見届けてくれるので、手術室に入る前には、私も家族も平静を装《よそお》うことができたように思います。

手術は、がん細胞を摘出し、リンパ腺の一部も採って転移しているかどうかの検査もしたので、全部で三時間半ぐらいかかりました。

唾液腺腫瘍の手術のときには、「良性だったよ、良性だった」という姉の声で起きたのですが、今回は看護師さんから「終わったよ、終わったのよ」と目の前で言われて目覚め、朦朧《もうろう》としながら病室に戻りました。

病室には夫と子どもたちが待っていて、「リンパに転移していなかったよ。良かったね、良かったね」と声をかけてくれました。それを聞いたときには、「ああ、本当に良かった」と心から安心して涙がこぼれました。

私は麻酔が効いていて何も覚えていませんが、手術に立ち会った姉によると、念のため、かなり大きく組織を取ったということでした。しかし、後で見るとあまり乳房の大きさが変わっていないことに驚きました。

手術後の試練

手術直後は麻酔のためもあり、あまり痛みは感じませんでした。痛み止めの薬ももらいましたが、結局、飲みませんでした。

私はもともと薬が好きではありません。何となく「飲まないほうが早く治るかな」と思ったのです。手術後の乳房には、血や膿《うみ》を外に出すためのドレインというチューブが付けられていました。

手術直後は、「ああ、もう大丈夫だ」という安心感から、どちらかというとハイになっていた感じです。リンパ腺への転移もなく、ひとまず命は助かった。温存法で乳房は全適せずにすんだし、痛みもない。

「先生がとても丁寧《ていねい》に手当てしてくださったから、傷痕《きずあと》もそんなに残らないのではないか」という話を姉から聞いたりして、とても手術をしたとは思えないほど元気でした。

ところが、その夜、状況が一変してとて

も苦しみました。傷口が疼《うず》いて、痛くて眠れません。さらに猛烈《もうれつ》な吐き気が襲ってきて何度も吐きました。

麻酔の副作用でした。病室に泊まり込んでくれた夫が何度も看護師さんを呼んでくれました。

次の日も一日中、気持ちが悪くて身の置き場がありません。夫がいったん家に戻りリンゴを使った漢方風スープを作って持ってきてくれ、それを飲んでからは吐き気も治まり、だんだん食べられるようになりました。しかし、こんな体調で四日後の仕事復帰は大丈夫だろうかという不安が頭をよぎりました。

六日は長野でコンサートが予定されていました。この日に復帰できれば、誰にも迷惑をかけません。しかし、もし復帰できなければ、多くの方に大変な迷惑がかかります。たくさんのお客様が、私の歌を楽しみにしてくれています。よほどのことがなければコンサートを中止することはできません。

手術前には担当医師に「六日のコンサートではなんとか歌えるようにしてください」と相談していました。

私も夫も多少無理をしても、たとえドレインをつけたままでも、なんとか六日には復帰したいと考えていました。

しかし、一晩中吐いて苦しむ私の姿を見て、事務所の社長でもある夫は「これ以上、無理をさせることはできない。体の調子を見ながら復帰の時期を決めればいい。病気が病気だから、みなさんも理解してくれるだろう」と考えたようです。その意見を聞いて、私も夫の判断に黙ってうなずきました。

がんの差別と偏見をなくしたい

「危険を冒してまで無理に六日に仕事復帰をすることはないでしょう。やはりドレインが取れて、傷口がしっかりふさがってから復帰するのがベター」というのが、担当医師の意見でした。しかしそうなると、病気のことを公表しなくてはなりません。

意外なことに、姉のヘレンは「乳がん」の公表に大反対でした。姉はがんを公表す

ることで、私が「傷もの」だと思われ、芸能人としてのイメージに傷がつくと言うのです。

「香港では有名人はみんながんであることを隠している」と聞いて、そういう偏見や差別がまだ世の中に残っているのかと思いショックでした。それは香港と日本の習慣の違い、病気への理解とかイメージの違いなのかもしれません。半日悩みましたが、私はどうしてもうそはつけません。

「そんな差別が残っている世の中だったら、たとえ姉の意見が正しいとしても、私は公表したい。みんなに発表して、そんな偏見をなくすきっかけにしてもらいたい」

そう言うと、夫も長男も、私の意見に賛成してくれました。姉は最終的な判断を私

に委《ゆだ》ねて香港に戻り、その夜、私は自分が「乳がん」の手術を受けたことをマスコミに発表することを決心しました。

とりあえず、六日から八日までの三日間、コンサートと二本の講演会の仕事を休ませていただくことを仕事先に説明して了解をいただき、三日に夫が文書でマスコミに事実経過を発表しました。

乳がんを公表することで、どんな反応が起きるのかはまったくわかりません。しかし発表してしまったら、ずいぶん気持ちが楽になりました。

翌四日には、新聞やテレビで私のことが大きく扱われました。

その夜、私のブログに思いがけないメールが届きました。


「ニュースを見ました。きっとリレー・フォー・ライフの亡くなった仲間たちが、アグネスさんにがんのことを知らせたんですね」

「リレー・フォー・ライフ」の関係者の方からのお見舞いメールでした。

「きっとそうだな、あの日、会うことができなかった仲間が知らせてくれたんだな」。そう思うと、次から次に涙があふれてきました。生かされた命の重さを感じて、そのとき、手術後初めて声を上げて泣きました。

その後は本当にたくさんの方たちから、お見舞いの連絡をいただきました。乳がんを体験した人たちからも、たくさんの励ましのメールをいただき、自分の幸運と多くの方の厚意に、胸が熱くなりました。

最初のリハビリ

手術から三日目、初めて自分の乳房を見ました。担当医師が病室に来て、「どうですか、自分で乳房を見てみました？」と聞いたのです。

「いいえ、見ていません。見る勇気がないんです」

「勇気を出して見てくださいね。それが最初のリハビリですから」

その言葉に、鏡に乳房を映して見ました。

胸の大きさは、それほど変わらないように見えましたが、一〇センチほどの生々しい傷痕もあるし、体液を抜くためのドレインも入っているし、マジックのマーキングも付いたままで色も変だし、腫《は》れ上がっていて、すごい形です。

「こんなになっちゃって、これからどうなるんだろう。もとに戻るのかしら？」なんだか不思議なものを見ているような感覚になりました。

しかも、痛くて、恐くて手術をしたほうの右側を下にして寝ることができません。だから寝返りができないのです。ずっと上を向いたまま寝ているので、体のあちこちが痛くなり、睡眠には本当に苦労しました。

一度家に帰って静養するように言われ、六日に一時退院しました。八日まで家で様子を見て、九日に再び検査をして、ドレインが抜ければその日に退院、仕事に復帰ということになりました。

そのころには、復帰に向けてどうやって体調を作るか、仕事をするためにどう準備をするかということを考えていました。担当医師からは「一時退院したら、必ず一回は外食しなさい。ちゃんと着替えて、きれいにお化粧もして人の前に出てごらん」と言われていたので、外食にもチャレンジしました。久しぶりに下着を着けて、歩いて近所にインドカレーを食べに行ったのです。

私にとって、それはすごく大きな出来事でした。普通に服を着て、街を歩いて食事ができる。誰も自分を変な目で見ないということも大きな自信になりました。

ピンクリボンの日

一〇月九日、午前中に診察を受け、ドレインを抜くことができました。その朝、担当医師が私に話してくれたのです。

「アグネスさんが手術をした一〇月一日は、実はピンクリボンの日で、東京タワーがピンクに染まったんですよ。ピンクの東京タワーを見せたかったんだけど、アグネスさんの病室からは見えなかったんだよね」

ピンクリボン運動は、乳がんの早期発見・早期治療の啓発運動として展開されているキャンペーンです。私が乳がんで命にかかわるような事態を避けられたのも、奇跡的に早期発見ができたおかげです。

「ああ、そうか、一〇月一日はピンクリボンの日だったんだ」
「そうですよ。こんな偶然ないですよね」
担当医師の言葉に、ハッとしました。「えっ、そういうことだったの、神様！」

こんな偶然はありえません。まったく意識していなかったのに、たまたま早期発見ができて、たまたまスケジュールが調整できて手術を受けられた日がピンクリボンの日だったなんて。

私もそうだったけれど、普通、女性は、「自分は大丈夫だ」と思い込み、仕事や家庭に追われてなかなか検診には行けない。早期発見・早期治療を呼びかけるピンクリボンの日に、私は偶然、命を救ってもらったのだ——。

そう思うと、ピンクリボン運動に積極的に参加していくことが、再び命を与えられた私の、もう一つの使命のような気がしてなりませんでした。

記者会見で
伝えたかった思い

その日の午後、記者会見をしました。

病気を発表するかしないか悩んだときから、乳がんだからとか、病気があるからといって引きこもってしまうのではなくて、逆に「私は乳がんになったけれど元気です。病気になっても大丈夫ですよ」という姿をみんなに見せたいと思っていました。

一番大事なのは、元気な姿を見せること。それがすべての恩返しです。だからこそ「元気な顔で記者会見に臨まなくては」と思いました。

病院内のホールを借りた記者会見場には、驚くほどたくさんの報道陣の姿がありました。担当医師も一緒に出席してくれたので心強かったのですが、とても緊張しました。プライベートなことで会見を行うのは申し訳ないという気持ちもありました。私よりずっとつらい闘病を続けておられる方もいるのだから、大げさにしてはいけない、とも思いました。いろいろ考えた末、とにかく素直に思ったままを話そうと決めました。

最初のあいさつのときから、ずっと足が震えていました。でも集まってくれた記者のみなさんが、心底心配して下さっていることがよくわかり、本当にうれしく思いました。

会見では、いくつか伝えたい思いがありました。

それは、自分が病気を公

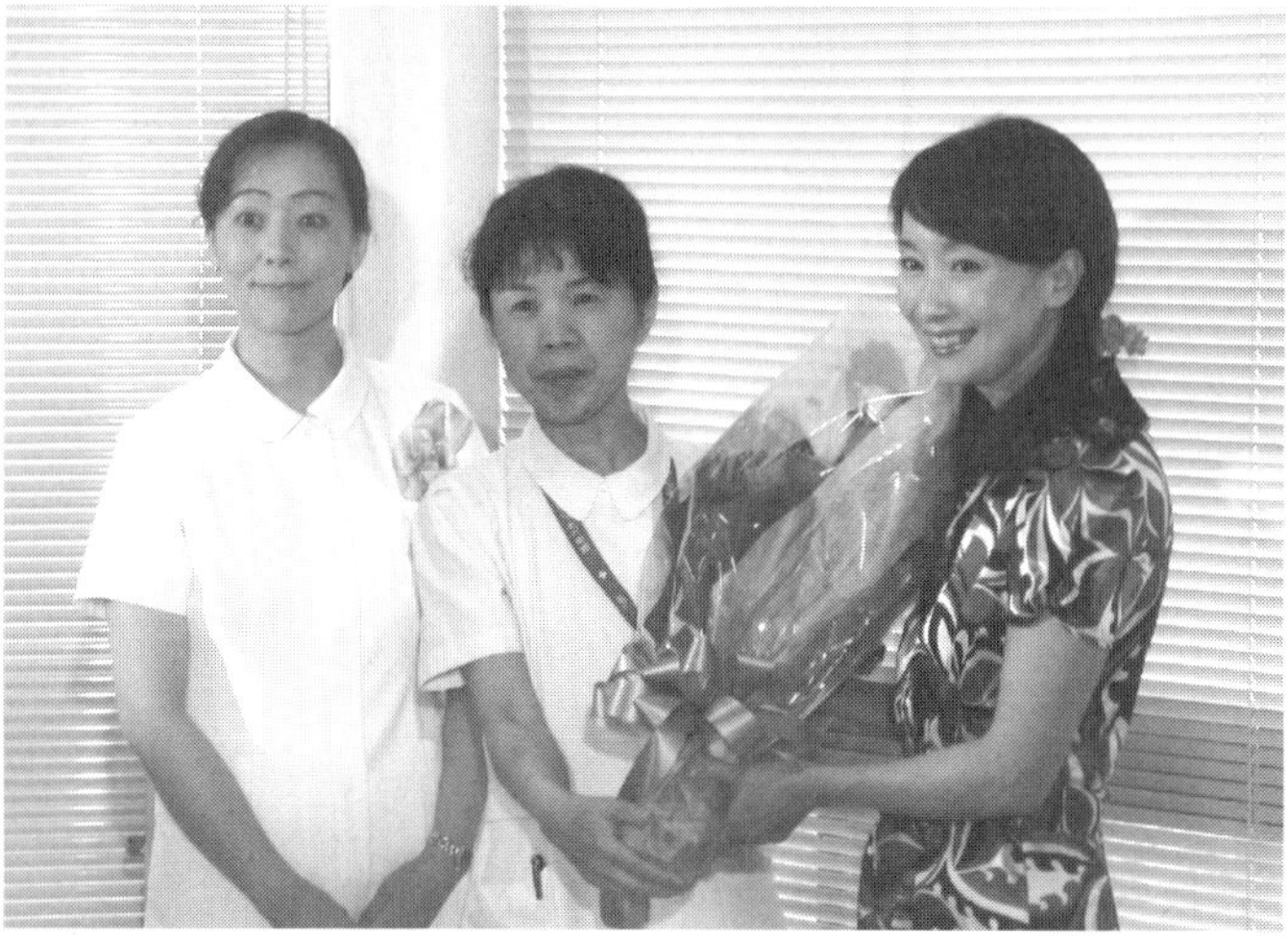
退院時の記者会見のあと、看護士から花束をいただきました。

表したことで、少しでも同じ病気の人たちの励みになれば、ということです。そして、一般の人が少しでもがんの人に対して差別の気持ちや偏見を持っているとしたら、それをなくしてほしいということでした。

顔色がよく見えるように、少し派手な洋服を着た私は、たくさんの記者のみなさんの前に立ち、明るく、願いを込めてこう言いました。

「胸はちょっぴり小さくなったけど、ハートは大きくなりました。体はちょっとダメージを受けたけど、スピリット（精神）は強くなりました」

それは、私の本音です。私は病気を経験することによって、みんなの励ましによって、ひとまわり大きく強くなれたように思うのです。

私よりもっと大変で苦しい闘病をしている人たちは、たくさんいます。これからはそういう人たちの気持ちも、今までより理解できる。人の痛みも以前よりもわかるようになったと思います。

「何よりも早期発見が大切です。後回しにせず、一人でも多くの方が検診を受けるようにしてください」

ピンクリボンの日に手術をしたことは、とても偶然とは思えません。私は自分の話以上に、早期発見と検診の重要さを強調していました。

会見の後、あるテレビリポーターの方が、

「実は私も子宮がんで手術したんですよ」

と小さな声で囁《ささや》き、みんなに黙って一生懸命働いてきたということを教えてくれました。

それから以後は、毎日のように、いろいろな方から「僕も」「私も」と言われています。それで、実はたくさんの人たちが、がんを体験していたことがわかりました。

私は、病気を通じて、どんなに多くのみなさんに愛されていたかを改めて実感しました。命のありがたさ、生きていることの素晴らしさを感じることができたし、家族、ファンのみなさん、周囲の支えも、本当にありがたく思いました。これはどんなに感謝しても感謝しきれることではありません。

助けてもらった命、生かされた命をつかって、これからは何とかみんなに恩返しがしたい。そう強く思うようになりました。

第三章

大きな病気を乗り越えて

――与えられた使命

復帰後初めてのコンサート

復帰後初めてのコンサートは、記者会見の翌日、一〇月一〇日、兵庫県でのコンサート。

実を言えば、とても不安でした。下着も着けなければいけないし、まだ胸が腫れていて、衣装のドレスも入りません。

そして何より、果たしてちゃんと歌が歌えるのだろうか……。

コンサートはゲストなしの二時間。一人で二時間ずっと立って、歩いて、歌って、話し続けなければいけない。私は右手でマイクを持って歌うのに、手術をした体の右側のほうは痺《しび》れたような鈍痛《どんつう》があって、手

も上げられない。おまけに、時おり予告なしにツーンと電気が走るような痛みがおそってくるのです。

しかし、体をかばいながらでも、仕事をすることができる。その幸運に感謝したいと思いました。

下着はノンワイヤーのブラジャーを用意し、舞台衣装は後ろのファスナーを下げて当て布をし、患部を圧迫しないように工夫しました。

平和コンサートのオープニングでは、天使のような大きな翼を背負って登場するのが恒例です。これがとても重いので、デザイナーに頼んで当日までに軽量化することにしました。

腰を掛けられる木のイスも用意してもら

い、もし途中で立っていられなくなったら、座って歌ってもいいように準備しました。

しかし、やはり一番の心配は、本番で声が出るかどうかです。自宅に帰ってからは、患部を濡らさなければお風呂にも入れるようになり、風呂場で発声練習はしていましたが、その日の調子によっては本番で、声が出ないこともあります。

唾液腺腫瘍《だえきせんしゅよう》のときの復帰後第一回目のコンサートのときも、ものすごく緊張しました。今回は、そのとき以上の緊張です。リハーサルで自分の声がホールに響いたときは、心底ほっとしました。

そして本番。

新しく作った軽い羽を背負って、「愛のハーモニー」という登場曲で舞台に出ていったら、突然ハプニングが起きました！　歌い終わり、舞台上で最初のお辞儀《じぎ》をしたとたん、羽が閉じて戻らなくなってしまったのです。

体の前に羽がかぶさっているので、右からも左からも顔が見えず、私はあわてて、あっちを向いたり、こっちを向いたり。

「これは見ている人はおかしいだろうな」

と思うと、何だかおかしくなって思わず吹き出してしまいました。会場も大爆笑です。それで一気に緊張がほぐれました。

「お帰りなさい」

「復帰おめでとう」

ファンの人たちがプラカードを振って迎えてくれました。会場のみなさんに後押しされているような感じでどんどん力をもらい、一曲歌うごとに元気になっていくような気がしました。

自分では気づかなかったのですが、肩より上にあがらなかった腕も、フィナーレでは痛さを忘れて頭上に掲げ、大きく振っていたといいます。無我夢中の二時間でしたが、一度も木のイスに座ることもなく、声もよく出てうまく歌えたので、それまでのすべての不安が吹き飛びました。「これで復帰も大丈夫だ」と、一応の自信がつきました。

全国 100 カ所以上での平和コンサート

人民大会堂のコンサートに向けて

復帰後は一日も休むことなく、予定どおりに全国を飛び回り仕事をしました。一〇月三一日に行う人民大会堂のコンサートは三週間後、もう目前に迫っていました。

担当医師とも相談し、術後の放射線治療は副作用の影響を考えて、このコンサートが終わってから開始することに決めまし実は入院中、夫から「人民大会堂のコンサートだけど、体のことが一番大事だから、やめるという選択肢もあるよ。どうする？」と聞かれたことがありました。

人民大会堂のコンサートは、私の日本デビュー三五周年と、日中国交回復三五周年を記念してのイベントであり、日中両国政府が定めた「日中文化・スポーツ交流年」の認定事業でもありました。「日中友好の架《か》け橋となるような仕事にしたい」と心に決めていたコンサートです。

術後一カ月足らずの北京でのコンサートは当然、体に負担がかかります。でも、再度の延期は考えられません。中止という選択しかないならば、「やる」と言うしかありません。

私は「何があっても絶対にやりたい、やる！」と言い切っていました。

人民大会堂のコンサートは、日中両国の友好協会の主催で行われます。日中双方が協力して、舞台や照明、音響の設備を作り、中国側からは民族楽器の演奏者と一〇〇人のコーラスも参加する予定でした。

しかし、面倒なことに言葉の問題があります。いつもなら全部スタッフがやってくれる打合せや手配も、中国語ができる私がやらなければいけませんでした。

人民大会堂でコンサートを行うのは、きわめて稀《まれ》なことです。やるべき手続きの多さ、膨大《ぼうだい》な作業量に、気が遠くなる思いがしました。

無我夢中の三週間

退院後、ほかの人に心配をかけたくなかったので、「体のどこがつらい」ということは言わないようにしました。

術後一週間ぐらいは、胸に大きな絆創膏《ばんそうこう》を貼っていて、だんだん治っていく傷痕が痒《かゆ》くなったり、痛かったり、いろいろありました。でも大きな目標があったので、体のことを心配する暇がなかったというのが本音です。

ただ、睡眠との闘いはありました。

術後は寝返りができないのが一番つらくて、夜中に何回も起きてしまいます。ぐっすり熟睡はできません。


歌うときに一番大切なのは睡眠なので、「寝不足で声が出なかったらどうしよう」ということが心配でした。

毎晩、寝ては起き、寝ては起きの繰り返しです。手術をした右側の体を下にして寝られず、左側を下にして寝ると今度は、右腕が胸に触れて痛いのです。

抱き枕をして支えたり、あっちこっちにクッションを入れてみたり、いろいろ工夫はしましたが、今でもこの寝返りとの闘いは続いています。

また、入院中に体重が少し落ちたので、できるだけ食事の品目を多くし、栄養のあるものを何回かに分けて食べるようにしました。忙しく走り回っていたので、みんなに心配をかけないぐらいの体重に保たなければと思ったのです。

バンドとリハーサルをしたり、当日流す映像を作ったり、中国側と文書のやりとりをしたり、人民大会堂のコンサートの準備は着々と進んでいました。その一方で、普段の講演会やコンサート、テレビやラジオの仕事もこなしながらの毎日……。退院後の三週間は一日一日、その日にやるべきことをやり遂《と》げるのに必死でした。

しかも「体を労《いたわ》って仕事をセーブするのではなく、取材の依頼があればどんどん受けて、積極的にメディアに出よう、元気な顔を見てもらい、みんなに安心してもらおう」という気持ちが強かったので、余計にスケジュールはきつくなっていきました。

何がそこまで私を突き動かしていたのか、よくわかりません。でも日中友好のための平和コンサートは、私が命をかけてもやるべき仕事なのだという確信はありました。

人民大会堂平和コンサート

二〇〇七年一〇月三〇日、いよいよ中国の北京へと飛び立ちました。

翌三一日の人民大会堂コンサートは、日中両国の人々が友好を確認できるようなコンサートにしたいと思っていました。チケットの収益はユニセフを通じて、中国の子どもたちの教育のためのチャリティーにしました。

大きな病気と手術を経験したからこそ、余計に、何としてもコンサートを成功させたいという思いが強くありました。

北京に到着すると、天気は雨。どんよりとした雨雲と建設現場の砂塵《さじん》で、街には重い空気が広がっていました。車の窓を開けても隣のビルがかすんで見えるほどです。

中国側の出演者と「音合わせ」をするために、すぐにバンドのメンバーとともにリハーサル会場に向かいました。一〇〇人のコーラスが入りきれずに突然リハーサル会場が変更になったり、楽器の準備ができていなかったり、予定と違うことばかりで、一瞬、「どうなることか」と不安になりました。

歴史的にも初めてポップス系の歌手が人民大会堂でソロコンサートをするというので、リハーサル会場には中国側のメディアの人も集まっています。日本からはメディア一〇社が同行してくれました。いろいろ問題はあったけれど、臨機応変に対応して、なんとか「音合わせ」は無事終了。スタッフたちは舞台づくりのため、食事もせずに人民大会堂へ向かって行きました。

「いろいろ心配なことはあるけれど、八五年のコンサートだって素晴らしかったんだから、今の中国ならスタッフにまかせておけば、きっと大丈夫だよ」

夫はいつものように楽観的です。私もその言葉を聞いて、少し気持ちが楽になりました。

人間として大事なこと

日本のメディアの記者会見など全部の予定が終わり、私がホテルにチェックインしたのは夜中の一二時ごろでした。

コンサートのことはもちろん心配です。しかし、実は、母親として気になっていることがありました。それは、アメリカにいる次男、昇平の大学受験の入学願書のことです。

アメリカの大学では、入学願書に、これまでに自分が取り組んだ活動や研究などを全部書き込みます。与えられた課題について、論文も提出しなければなりません。その願書が入学の判断に大きく影響するのです。

その締め切りが一一月一日でした。親としては、やはり志望校に合格してもらいたいので、ベストの状態で願書を出してほしいと思っていました。でも、「私が文章をチェックするから」と言っても、次男はなかなかメールを送ってきません。

その夜は結局、二時頃までアメリカの次男を追いかけ、願書の内容について必死でアドバイスしました。

「仕事と子どもとどちらが大事なのか」そう問われれば、私にとっては間違いなく子どものほうが大事です。

ただ、昇平のことを夢中で心配していたのが結果的には良かったと思います。そうでなければ私は、多分、緊張し過ぎてパニックを起していたかもしれません。

私に似て頑固《がんこ》で、ギリギリまで自分の意見を曲げようとしない昇平。そして先にベッドを暖めてくれていた三男の協平のおかげで、その夜は私はぐっすりと眠ることができました。

晴天のコンサート

いよいよ本番の日。前日はどんよりした雨空でしたが、朝、ホテルの窓を開けると、驚くほど真っ青な、雲一つない空が広がっていました。北京っ子も久しぶりに見た澄んだ青空だったようです。

香港からは、姉のヘレンを除くすべての家族が集まりました。母はもちろん、カナダに住んでいる兄のポールまでやって来てくれ、八六年の結婚式以来、二一年ぶりに大勢の親戚がそろうという一大イベントになりました。長男の和平も、コンサート当日にアメリカから飛んできました。次男の昇平は例の願書締め切りのため来られませんでしたが、親戚がほとんど全員集合です。

一一時過ぎに人民大会堂に入りました。

コンサート会場は人民大会堂で一番大きなホール「万人礼堂」です。全部で六〇〇〇人の収容人数ですが、せり上がるような造りのせいか、客席はとても近く感じます。しかし、天井はものすごい高さで、同行したメディアのカメラマンが「長い望遠レンズを持ってきても全体が写らない」

と驚いていました。

少し心配だったのは、普段はコンサートをやるホールでないうえに、中国側のスタッフが中心になって舞台のセッティングを行い、音響、照明の操作をやることになっていたので、本番までにその準備が間に合うかということでした。

そしてもう一つの心配は、六〇〇〇という客席に対し、一体、どれだけの人が来てくれるのか。八五年のコンサート以来、久しぶりの北京でのコンサートです。中国の人たちが私のことを覚えていてくれるのかという不安がありました。

「大丈夫。舞台がどんな状況でも、音楽会なんだから声さえ出ればＯＫ。観客が多くても少なくても全力で歌うだけ。後はケセラセラ（なるようになる）だね」。夫とそんな言葉を交わしてステージに向かいました。

全身全霊で歌う

一九時開演。蓋《ふた》を開けてみればびっくりです。

直前のリハーサルまで問題があった音響も照明も映像も、中国側のスタッフは短時間で見事に問題点を改善していました。本番はほぼ一〇〇パーセントの状態で、すばらしい出来です。

日本側からはバンドと私、中国側からは一〇〇人のコーラスと弦楽器や二胡《にこ》の演奏者が参加してくれ、全部で一八曲を歌いました。前日のリハーサルはトラブル続きで満足な練習ができず、ぶっつけ本番のような感じでしたが、本番は本当にすばらしかった。さすがにみんなプロフェッショナルです。

もう一つ、心配していた観客も、見渡す限りの満席でした。立ち見の人もいるほどで、何より驚いたのは、中国のみなさんが私のことを覚えていてくれたことです。二二年前にコンサートで歌った当時の歌を歌うと、みんなで大合唱です。

子どものころ、親と一緒に私のコンサートを聴きに来てくれた人が、今度は自分の子どもを連れてきてくれました。親子で、夫婦で、大勢の人が私のコンサートを楽しみにして来てくれた……感激で胸がいっぱいになりました。

唾液腺腫瘍《だえきせんしゅよう》、乳がんと二つの病気をしてからは、いつも「これが最後のステージだと思って精一杯歌おう」そう思って毎回、ステージに立っています。とにかく心を込めて、聞き手の胸をふるわせるような歌を歌いたい。そのためには、全身全霊をかけて思いを歌に込めるしかありません。

私は広東《カントン》語が母国語です。北京語の歌やおしゃべりは、コンサートに備えて専門の先生にチェックしてもらいました。しかし、夢中になって必死で話すと、どうしても広東語なまりが出てしまいます。それでもみんな本当によく楽しんでくれて、一緒に泣いたり笑ったり。細かなユーモアにもすべて反応してくれました。

日中友好と平和への思いも真正面から訴

えました。

「中国と日本が平和であればアジアは安定します。そしてアジアの安定は世界平和の大きな『鍵』です。今、大きな力を持っている中国と日本だからこそ、ほかの国にも影響力があります。アジアもアフリカも含めて、両国で平和の種をまいていきましょう」

　私は世界の平和を願って作った曲を、日本語と北京語で歌いました。最後にはみんな立ち上がって大拍手。思いが通じたことが嬉しくて胸の中に大きな花が咲いたような気持ちになりました。感無量でした。本当に生きていてよかったと思いました。

やり遂げた喜び

　舞台を降りて楽屋に戻ると、真っ先に、「ママ！　やったー！」「ママ、今日は本当に良かったよ」と二人の息子が迎えてくれました。そして、長男の和平から「ママ、素晴らしいコンサートだったけど、この一年は本当に長かったね」と言葉をかけられたときには、こらえていた感情が溢《あふ》れ出しました。

　二回も大きな手術をして、本当にいろいろな苦労があった。それを乗り越えて今、人民大会堂のコンサートが実現できた。みんなの支えで夢のコンサートが成功した——。

この一年間、ずっと気力だけで突っ走ってきたような私。その緊張の糸が突然プッンと切れたように、私は息子たちに抱きつき、わんわんと声を上げて泣きました。泣いて、泣いて、胸につかえていたすべてのものを出し切ったという感じがしました。

　こんなにすべてがうまくいったのは奇跡だ。ありえない幸運だ——生きている喜びを実感し、しばらくは体がふるえて止まりせんでした。

　中国側のスタッフは、「本当の歌手のコンサートを見ました。観客からどんどん力をもらって歌っていく姿に、とても感動しました」と話してくれました。

　中国・文化部の方も「歴史的なコンサートになりましたね」と祝福してくれました。

集まった親戚も本当に喜んでくれました。乳がんを手術してから初めて香港の家族に会いましたが、私が元気に歌う姿を見て安心してくれたようです。

　母は何も言いませんでした。母はめったに子どもを褒《ほ》めない人です。「お前、こんなに声量があったっけ。前より歌がうまくなったね」と言っただけです。でも、その言葉を聞いただけで、私は満足でした。

　コンサートが終わり、日本から来てくれたファンの方々一〇〇人余りと、人民大会堂の別ホールで打ち上げパーティをした後、ホテルの部屋に戻りました。それからバンドのメンバー、スタッフ、親戚で打ち上げです。

実は翌一一月一日は長男・和平の二一歳の誕生日でした。そこで部屋にケーキを運んでもらって、夜中の一二時を過ぎたら「おめでとう!」。途中からサプライズの誕生パーティーに変更です。欧米では二一歳で成人となります。カナダ生まれの和平が、大人としてのすべての権利を渡される大切な誕生日。その日をみんなで祝うことができて、記念すべき一日の最高の締めくくりとなりました。

「大きな力」に感謝

乳がんを発見して以来、まさに激動の日々でした。自分の意志ではなく、もっと大きな力で動かされているという感じがしました。その流れにうまく乗っていくように、溺《おぼ》れないようにという気持ちで、一日一日を無我夢中で過ごしてきました。

これと同じような体験をしたのは、夫と結婚した八五年のことです。この年も何か不思議な大きな力に突き動かされたような年でした。

母のふるさと貴州へ里帰りをして再び歌う喜びに目覚め、初めて北京でコンサートをして歌手としての自分の目的を確信。そして大飢饉《ききん》のエチオピアを視察して、ボランティアを生きがいに活動しようと決めた年でした。

夫との結婚も、もともと日本人との結婚に家族は大反対でした。しかし自分たちの意思を越えた大きな力に背中を押されて、気が付いたら結婚していた、という感じでした。

二〇〇七年の春、唾液腺腫瘍の手術の後遺症による顔面麻痺《まひ》が治ったこと、そして、その後の乳がん発見と手術、延期になった人民大会堂コンサートの大成功などを考えると、すべてのことが偶然ではなく、八五年と同様に自分たちの力を超えた何かの力のおかげで成し遂げることができたように思えてなりません。

「運がよかった」とよく言われますが、私は、普段は運も「日ごろの努力の賜物《たまもの》」と思っています。「あの人はなぜかついている」という運のいい人は、そのために日ごろから精いっぱいの努力をしているから、

いい運を呼び寄せられるのです。

しかし、乳がんの発見にしろ、コンサートの成功にしろ、今回に限っては本当に運が良かったのだと、つくづく「大きな力」に感謝しました。

帰国する一一月一日の朝は、日中友好のためのセレモニーに出席しました。その日もまた真っ青な晴天でした。日中両国の子どもたち五〇人と一緒に、平和のシンボルであるハトを飛ばしました。

北京の空に飛び立つハトを見て、新たな感動がこみ上げてきました。コンサートに携わった関係者も子どもたちも一緒になって、みんなで心を込めて「平和の鐘」を突き、永遠の日中友好を祈りました。

放射線治療を開始

「これでほっと一息」かと思ったら、帰国後に、実はもっとつらい治療が待っていました。

乳がん手術後の放射線治療です。

人民大会堂でのコンサートが終わるまでの三週間、私は何の治療もせず薬も飲みませんでした。担当医師からは「完全に傷が治るのに一年ぐらいはかかる」と言われていました。しかし傷の痛みも、体の不具合も、我慢《がまん》できないほどではありません。放射線治療は副作用などが心配なので、コンサートツアーが終わってから始めることになっていました。

日本に帰ってからも、コンサートツアー、講演会、レコーディング、ジャケット写真の撮影などの仕事が立て続けです。もともと延期になったコンサートの日程をひねり出すために無理やり調整して組んだスケジュールなので、休む暇などありません。

放射線治療は、一度スタートしたら、連続して治療しなければ効果が半減するということでした。病院が休みの土・日曜日以外の数十日間、毎日通院せねばならず、「スケジュールを組むのが難しいな」と心配していました。しかし、これもまた信じられないことに、一一月初めにスタートしてから年末までの八週間、午前中の時間をやりくりしてほとんど完璧に通院スケジュールを組むことができたのです。普段の私のスケジュールを考えれば、本当に奇跡のようでした。

放射線治療の合計回数は三四回。午前中に放射線治療を受け、それから仕事へ行くという日々が始まりました。

最初は、「放射線を照射したら反対にがんになっちゃうんじゃない？」と不思議に思いました。調べてみると、実は、放射線を照射することによって、がん細胞と同じく普通の健康な細胞も悪影響を受けるのですが、その後、普通の細胞は再生できるのです。ところが、がん細胞は再生できないので、毎日続けると「がん細胞だけが再生できずに死ぬのだ」ということがわかりました。

放射線を当てるのは、一日に一回、ほんの五分ほど。少しずつ、徐々に焼いていくという感じです。

放射線を照射すると、最初は赤くなり、次に茶色、さらに右胸全体が、もっと濃い茶色になっていきました。一番集中して照射したところは皮膚が真っ黒になり、それから次第に表面が灰色になりました。赤色から茶色、そして黒、灰色に変化していく胸を見て、自分でも恐ろしくなりました。

そのうちに皮がむけてきます。その様子はとてもグロテスクで怖いのですが、皮膚は見事な勢いで再生してきます。

痛みはそれほどありませんでした。しかし、患部を刺激してはいけないので、とくに下着には気を使いました。放射線をピンポイントで照射するためには、改めて胸にマーキングをしなければなりません。結構上のほうまでマーキングしたので、コンサート用の胸の開いたドレスにはフリルを付けるよう工夫しました。火傷《やけど》のように黒くなったところが見えないように、普段着でも襟元は開けられませんでした。

放射線治療の副作用は人それぞれです。病院に通っていると、ほぼ毎回、同じ時間に治療を受ける人がいるので「放射線仲間」もできましたが、副作用のつらさを家族にも誰にも言えず、一人で悩んでいる人もいました。

副作用から吐き気がしたり、頭痛がしたり、眠れなくなったり、食欲が落ちたり、いろいろな症状が現れる人もいますが、

ありがたいことに、私にはそういう症状はほとんど出ませんでした。仕事が忙しくて、自分の乳房をゆっくり見る暇もなかったのが、かえってよかったのかもしれません。

心に暗示

放射線の照射が四週間を過ぎるようになると、さすがに、だんだんと疲れがたまってくるようになりました。それは通院の疲れなのか、放射線による疲れなのかわかりません。とにかく体がだるくて眠くて眠くて、移動の車や電車に乗った途端、死んだように眠ってしまうのです。それでも、スケジュールは年末までびっしり詰まっているので休むわけにはいきません。

放射線を照射したところが、かさぶたになってかゆくなったり、痛くなったりすることもありました。でも、つらいと思ったときには、「私は疲れない」、「私は痛くない」、「私はかゆくない」と、心に暗示をかけて乗り切りました。誰かに愚痴《ぐち》を言って症状が軽くなるなら、「つらい」と言います。でも、どうにもならないつらさは自分に暗示をかけるしかありません。講演会やコンサートで全国をまわっていると、会場からたくさんの暖かい声援や励ましの言葉をいただきます。そうしたみなさんの心遣いも、私に勇気を与えてくれました。

放射線治療も終盤《しゅうばん》になってくると、ちょうど年末の休みが近づいてくるということもあり、一筋の光が見えてきました。

つらい治療を少しでも緩和させようと、クリスマスには看護師さんたちがサンタクロースの格好をして盛り上げてくれました。このときみんなで撮った記念写真は、今でも私の大切な宝物です。

五年間のホルモン治療

放射線治療が終わったのは年も押し迫った一二月二九日でした。休む間もなく翌日の三〇日から、ホルモン治療をスタートしました。

私にとって、このホルモン治療は放射線治療よりもつらいものでした。ホルモン治療には、注射などいろいろな方法がありますが、私の場合は五年間、飲み薬を続けるという治療です。

「毎日一錠ずつホルモン剤を飲むだけなんて簡単じゃない」

最初は軽く考えていました。

しかし、飲み始めてすぐに体調が悪くなりました。二週間ほどすると、顔と体全体に湿疹《しっしん》が出たのです。そんなことはこれまで一度もありませんでした。

この湿疹は、薬の副作用かどうかわからず、担当医師にも「原因不明」と言われました。薬を飲むのを止めれば、全身から湿疹が引きますが、飲み始めるとまた出てきます。

しかし、「がんの再発を防ぐためには、たとえ湿疹が出たとしてもホルモン剤を飲

んだほうがいい」ということなので、私は湿疹を抑える薬を飲みながら、覚悟を決めて再びホルモン剤を飲み続けることに決めました。

湿疹のおかげで、私はずいぶんメイクが上手になりました。テレビのときは、少し厚いメイクをすれば、まず誰にも気づかれません。

ところが、だんだん薬にも慣れ、湿疹が少し治まってきたころ、一難去ってまた一難、次の症状が襲ってきたのです。

原因不明の腫れ

コンサートツアーで長野に行ったときのことです。

本番の前の晩、ふいに「目の下の皺《しわ》がすごく増えたな」と感じました。

私はあまり皺がないほうだったのですが、薬を飲み始めるとき担当医師から、「この薬にはホルモンの働きを止める作用があります。これからホルモンが少なくなってくると、急に老化現象が現れるかもしれない」と言われていました。

「そうか。こういうことなのかな」と思って寝ようとしましたが、なかなか眠れず、夜中に起きて鏡で顔を見てみたら、目が開かないくらいパンパンに顔が腫れていたのです。

ショックでした。翌日もその次の日もコンサートや講演会があり、さらに次の日は、イベントでメディアの前に出ることになっています。

「どうしよう。こんなことは初めてだし、もし朝になっても腫れが引かなかったらどうやって仕事をしよう」

パニックになりながら夜が明けるのを待ち、朝早く、姉のヘレンに電話しました。姉はアレルギーの専門家でもあります。すぐに腫れを抑える薬を飲むように指示をしてくれました。

マネージャーに買ってきてもらった薬を飲み、しばらくすると症状は少し落ち着きました。しかしまだ完全ではありません。

コンサートの終盤では、ステージの下へ降りて会場のみなさんと握手をするコーナーがあります。顔の腫れ具合によっては、会場へ降りられるかどうかわかりません。

どうしようかと悩んでいるとき、たまたまアメリカにいる長男からメールがありました。

「ぱんぱんに顔が腫れちゃった」と返信すると、「若返っていいじゃないか。ママのデビューころと同じじゃない」と書いてきました。「もう！」と思いましたが、「あまり心配しないように」という長男なりの優しさなのでしょう。その心遣いに感謝しました。

無事にコンサートを終え、東京に戻ってから病院に行きましたが、やはり原因不明で、薬の副作用かただのアレルギーか、判断もつきませんでした。ただ、それ以来、私はアレルギーを抑える薬など、たくさんの種類の薬を飲むことになりました。

急速に老化？

ホルモン剤を飲み始めてから、体にいろいろな症状が現れてきています。

朝起きると、関節が痛くて、体がさびているような感じで、まるで「フランケンシュタイン」になったような気分です。起きてしばらくすると、だんだん体に油が回ってくる感じで、少しずつ痛みが軽くなり、動けるようになりますが、とにかくベッドから起き上がるのが一苦労になりました。

夜はなかなか寝付けず、朝、起きるとまた体が痛い。ずっとその繰り返しです。毎朝、目が覚めると、「今日こそ起き上がれないのではないか」と思うぐらいに体が痛みます。

ホルモン剤は体内のホルモンを抑える薬なので、女性ホルモンだけではなく、成長ホルモンや眠るホルモンなどにも影響するのかもしれません。日ごろ、私たちが元気でいるため、どれだけホルモンに頼っているかがわかります。

肌の調子も一気に悪くなりました。シミやそばかすが出てきて、今までのファンデーションではカバーできなくなったので、ファンデーションも替えました。

生理も来なくなりました。きっと急速におばあちゃんになっていくという感じなのでしょう。年を重ねていくとだんだんに出てくる症状が一ぺんに来たようです。

薬を飲み始めてからは、更年期ののぼせというのか、大汗もかくようになりました。

私は南国出身のせいか、真夏でもまったく汗をかかないタイプでした。それが夜中に大汗をかいて目が覚める。着替えなければ眠れないほど、びしょびしょになって、一晩に何回も目が覚めるのです。

さらに、日中に突然、のぼせのようになることもあります。今までそんなことはまったくなかったのに、コンサートでも、前半の三曲目が終わるころには汗びっしょりです。それでも、最近は「汗をかくのも悪くない」「薬にも慣れて、症状もこのところ少し落ち着いてきたね」と、自分に言い聞かせています。

夜明けのこない夜はない

「乳がん」と宣告されてから、むしろ今が一番つらいというのが正直な気持ちです。これが五年も続くと思うと、めげてしまいそうになります。

でも……。

夜明けのこない夜はない。くよくよ考えても仕方ありません。

薬を飲めば顔の腫れは引くし、今は湿疹も目立たず、ほとんど出てこなくなりました。シミも、そばかすも、閉経も、いずれは現れること。遅いか、早いか、どちらにしても歳を取れば、顔や体は老いていくものなのです。それが一度にやって来ると覚悟して心構えをすれば、何とかなると思えるようになりました。

一番大事なことは、再発しないことです。そのためには何があってもホルモン治療を続けて、五年後にまた若返ればいい。そう思っています。

それに、人間は見た目ではありません。前よりもっと自分の中身を磨いて、違った輝きを持つ女性になろうと心に決めています。

ホルモンが低下してくると、女性は声帯も弱くなってくるそうです。これも、発声を鍛えて、この五年間を乗り切っていこうと思います。

できることをやればいい

体のリハビリ治療には、忙しくてなかなか通うことができません。右の胸全体が手術でダメージを受けているので、背中や肩、首筋や右腕にも違和感はあります。

私はもともと猫背だったのですが、さらに背中の筋肉を使わなくなってしまったせいか、完全に体の右側が前かがみになってしまったようです。

「体の調整をして、全体のバランスを取っていかなければいけない」ということで、リハビリの先生に教えてもらい、自宅でできる体操や、呼吸法で、背中の筋肉を鍛えるなどのセルフケアを始めました。

「寝るときは真っすぐ寝なさい」と言われているので、夜は、バスタオルを棒のように丸めて、背骨に添うように入れて寝ています。

ブラジャーが留められないくらいに右腕が痛むときには、はじめのうちフロントフックや、下からつけるブラジャーをしていました。でも、考えてみたら、むしろ後ろで留めるブラジャーのほうがリハビリになります。少し無理をしても、フロントフックばかりにしてはいけないということに気づきました。

こうして、次々にいろいろなことが起きてくると、一つ一つにどう対応していけばいいのかもわかるようになりました。

夜、眠れないならば、朝、遅くまで寝た

り、移動途中の車で寝ればいい。

元気のある日はたくさんのことをやり、元気がない日は大人しく過ごせばいい。

どうしても大事な仕事があるならば、その時間帯だけ集中して、一生懸命に取り組み、あとは休めばいい。

そんな繰り返しで何とか乗り切っていける。そう信じています。

思いがけずさまざまな副作用や症状が出たときも、悩むのではなく、「人間の体ってこんなになることがあるのか」と楽しむような気持ちでやっていけばいい——。毎日そんな心構えで生活しています。

めげないこと、希望を失わないこと

私と同じ病気を持っている人、同じ治療を受けている人も多いと思います。

大事なことは決してめげないこと、希望を失わないことです。

毎日、自分が弱くなっていく感じがして、精神的に弱気になることもある。

でも、めげない。めげたら負けです。めげたら、真っ暗な闇に落ちたままになってしまいます。

私は、唾液腺腫瘍《だえきせんしゅよう》の手術の後遺症で顔面に麻痺《まひ》が残ったときは、ほほ笑むこともできませんでした。話すのも歌うのも大変で、顔つきも変わりました。でも、誰もそれを笑ったり文句をつけたりしませんでした。

最初は食べるものが全部口から漏れてしまうので、ご飯も食べられず、毎日、流動食ばかりでした。

その状態が治った今でも、ときどき自分のよだれがコントロールできず、話しているときに自分のよだれでむせてしまうことがあります。

けれど、それでも一つ一つ乗り越えていく方法があります。病気からも、症状一つ一つからも、教えられることがあるのです。

自分の病気の症状に耳を傾けること、上手に病気と付き合っていくこと、それがつらさを乗り切っていく一番の近道かもしれません。


たとえ胸が小さくなっても、自分が気になるだけで、誰も気にしません。

湿疹が出ても、顔が腫れても、みんな何ともないという顔をしてくれます。病気は周囲の人の優しさを教えてくれました。

そして人生は、人間は、何が一番大事なのかを教えてくれました。

大事なのは外見ではなく生命であり、中身です。私ならば、歌や話を通じて平和の大切さや命の尊さを伝えること。それが大事なことです。

命あるかぎり、希望を失ってはいけない。自分が果たすべき役割をしっかりと信じて、めげずに前に進んでいきたいと思います。

毎日が誕生日

「大変、大変」と思いながらも、気が付いたら、ホルモン治療も一年が経とうとしています。あと四年ちょっとの辛抱です。最初はとても薬を続けられるとは思いませんでした。途中で何度もやめたいと思いました。でも、それで命が助かるならば、何があっても頑張れる。そう自分に言い聞かせています。

　私はリンパ腺に転移していなかったので、化学療法は受けずに済みました。しかし、化学療法を受けている方は、もっと状況が厳しいのです。

　化学療法は、薬によって体の中のがん細胞を死滅させるものですが、それは同時に、再生する健康な細胞にもダメージを与えます。

　体は毎日再生しようとしているのに、その細胞にダメージを与えるわけですから、どんなに大変か。

　体力の回復を待って、段階を踏んで何度も行う治療なのだそうですが、化学療法をしている人たちの苦痛は、想像を絶するものです。

　普段は、病気になると病院に行き、薬をもらって治療をすると調子がよくなるので、病院に行くのが励みになります。

　しかし、がんの場合は、とくに術後の治療は、病院に行くたび、薬を飲むたびに、少しずつ体にダメージを受ける感じがしてしまいます。

もちろん、「それで病気を治してもらっている」ということは頭ではわかってはいます。でも、治療中に、どんどん自分が弱くなっていく感じがするので、「この状態はいつまで続くのか」「本当に病気が治るのか」と、先の見えない不安にくじけそうになるのです。

そんなときは、「毎日、新しい自分が誕生している」と思い、今日の自分は何ができないかと思い悩むのではなく、「今日の自分は何ができるか」と考えてほしいと思います。

これは、私も自分が病気になって思い至ったことです。

昨日は昨日、今日は今日。今日新しく出

会った今の自分を、今日、生まれた自分を私は毎日、楽しもうと思っています。

そう、今、この瞬間を生きるのです。「病気が治る」ということは、前の状態や姿に戻ることではありません。今ある状態を受け入れて、新しい自分になることです。もともと完璧な人間などいません。

年を重ねれば、どんな人でも、あちこちに少しずつ不具合が出てくるものです。それでも前を向いて、今日の自分、今の自分にできることをする。やるべきことを、ほんの少しでも積み重ねていく。そんな生き方ができれば、命の輝きは、決して失われることはありません。

新しい私

唾液腺腫瘍の後遺症による顔面麻痺で顔が歪《ゆが》んでしまったとき、以前からずっと私の写真を撮ってくれているカメラマンに、新曲のジャケット写真を撮ってもらいました。

「私、顔が曲がっちゃったんです。わかるよね」と聞いた私の顔をじっと見つめて、彼はこう言いました。

「うん、前よりずっといい顔になったよ」

その心優しい言葉に、思わず泣きそうになりながら、私は一〇〇倍の勇気をもらった気がしました。

そう、たとえ顔に麻痺があっても、私は私。昨日の自分よりも今日の自分が一番新しいのです。だから、今あるがままの自分を一二〇パーセント受け止めたい。今の自分に何ができるのかを考えたい。すると、驚くほどたくさん、できることがあることに気づきます。

今日できることを精いっぱいやってみる。そして明日になったら、今日の自分を忘れて、また明日の自分ができることを考えましょう。

昨日よりも調子がいい日もあれば、悪い日もある。だから、今日生きていることに感謝して、今日の、今この瞬間の自分を大好きになりたい。

毎日、朝起きたら新しい自分に恋をするのです。私は今、毎日、新しい自分に一目惚れをしています。

生かしてくれて本当にありがとう。こうして生かされた自分には新しい使命がある。その使命を少しずつでも実現していこう。

そういう新たな気持ちで生きています。

第四章

命をつなぐもの

―― 家族、夫婦、親子

家族に感謝

病気を経験してわかったのは、何より家族の大切さです。

病気をした本人は、痛さやつらさなど、自分の体の細かな状態・程度がわかります。しかし家族には見当がつきません。

「今日は調子が悪いのかな、それとも、調子がいいのかな」、「痛さを我慢して無理をしているのかな」……。

そんなふうに思い悩んで、家族が一番心を痛めているのかもしれません。

「できることなら代わってやりたい。だけど、代わってあげられない」。その気持ちが、一番つらいかもしれません。

とくに親が病気になると、子どもの気持ちは不安定になります。私も最初はどうやって子どもの不安を慰《なぐさ》めればいいのか、わからなくてとまどいました。三男には自分なりにわかりやすく説明して、安心させたつもりですが、どこまで伝わったか心配な点もあります。

二〇〇七年一二月はじめ、嬉しい知らせが届きました。

次男の昇平が、長男と同じスタンフォード大学に合格したのです。

この一年の苦労が、すべて報《むく》われたような気持ちがしました。

アメリカから電話がかかってきたときには、自分の病気のことなどすっかり忘れて、

「良かったね、良かったね、おめでとう」と連呼しました。本当に何よりも嬉しかったのです。

次男は、私が乳がんの宣告をされ手術を受けたときも、大学受験の準備をしていたので帰国できず、不安からパニックになって、一時は勉強に集中できなくなってしまったようです。

「私の病気のせいで志望校に合格できなかったらどうしよう」と、とても心配しました。

そのときは、自分が病気に患ったことを言わなければよかったかなとも思いました。でも、我が家には〝絶対に嘘《うそ》はつかないこと〟という鉄則があります。

家族みんな表現の仕方はそれぞれ違うけれど、それぞれが誠実に自分のやるべきことをやってくれた。そのおかげで、私は病気を乗り越えられたのだと思っています。そう思うと、何より家族への感謝の気持ちでいっぱいです。

子どもという宝物

長男の和平は、二一歳。とても正義感が強くてしっかりした若者になりました。勉強が好きで、研究熱心、真っすぐな性格です。

「アグネス論争」で仕事場に連れて行っていた張本人だから、もしかしたら、一番気を付けて厳しく育てたかもしれません。彼は他人にも自分にも厳しいけれども、心が清らかで、〝グッドハート〟な人間です。

一八歳の次男、昇平は、和平よりアーティスティックで、歌や芝居が大好き。一三歳のときには「銀河鉄道の夜」で日本の舞台にデビューした経験もあり、アメリカの高校でも本格的なミュージカル「レ・ミゼラブル」で主役を張るほど。文章力がばつぐんでや感情表現が豊か、みんなが言いたかったことを、一行で簡潔にまとめて言えるタイプ。おしゃれで、友だちをとても大事にする、気が優しい子です。

三男の協平は、一一歳。やんちゃですがとても優しくて、「大きくなったら絶対プレーボーイになる」と、私は密《ひそ》かに思っています。とにかく人の気持ちをよく察する子で、「今、こういうことを言ってもらえたらいいな」と思ったときに、ぴしっとそういう言葉をかけてくれる。本を読むのが大好きで、同じ本でも私や兄たちよりも読むのが早い。頭の良い子なので、自分でもそれを認識して、人のためになれるような勉強をしてほしいと思います。

子どもたちが生まれてから、私の生活はすっかり変わりました。

二四時間、子ども中心の生活で、自分一人の時間など、この二〇年間まったくなかったように思います。でも、それで私は大満足なのです。子どもたちの成長が、私の最大の喜びであり楽しみなのです。子どもという宝物を授からなければ、私はここまで頑張ってこられなかったと思います。

家族をつくる

家族がいない生活は、今ではとても想像できません。家族があってこそ、私のすべてがあります。

芸能界でずっと忙しく働いてきたので、「仕事中心で仕事が一番大事なのでは」と思われがちですが、家族のためなら明日にでも仕事を辞められます。

最近は晩婚の傾向も高まり、結婚をしない人が増えています。もちろん結婚をしたい人、したくない人、考え方はそれぞれです。しかし戸籍上はどうであれ、人を愛すること、その人に対して責任を持つこと、そしてお互いに歳を取るまで面倒を見合うこと。それは親兄弟を超えた新たな人間同士のつながりを作ることなので、生きていくうえでとても大切で、すてきなことだと思います。

よく、「結婚はタイミング」と言われますが、私はそうではなく、「フィーリング」だと思います。そして、相手を思う気持ち、愛情です。

人間が一番幸せを感じるのは、誰かに必要とされ、愛されるとき。人から愛され、愛することの一番わかりやすいかたちが、結婚なのだと思います。

「結婚は、いいことばかりではない」とよく言われます。それでいろいろ考え過ぎて結婚できない人もいるかもしれません。しかし私は、「損得や目先の心配ばかりにとらわれ過ぎず、心のままに結婚にチャレンジしたほうがいい」と思っています。

失敗を恐れない

私が結婚したのは、八五年、一二月二五日のクリスマス、三〇歳のときでした。

実は、「日本人とは結婚しない」と親と約束していたのですが、私は日本を中心に仕事をしていたので、香港で相手を探す暇もありませんでした。

親の勧めで七回もお見合いをして、中には結婚を前提にお付き合いした人もいました。しかし、もう一歩、踏み切ることができず、結局、気づいてみれば、結婚したのはいつもそばにいて私のことを一番理解してくれる人でした。

ベストパートナーを見つけるのは難しいことですが、きっと「あ、この人だ」というのはわかると思います。

ただし、出会いがあっても、自分の心の扉を閉じていればそのチャンスに気づきません。

「結婚する相手がいない」「仕事があるから結婚できない」「私はもう歳だから」「私は一人っ子だから」などと考えている人は、実は、結婚への道に他人が障害物を置いているのではなく、自分でたくさんの障害物を作ってしまっているのです。すると、相手がすぐ目の前にいても見えなくなってしまいます。

結婚はルックスや収入よりも、自分と性

格が合うかどうかや、「求めているもの」、つまり価値観が同じかどうかということが一番大事です。

いろいろなこだわりを一度全部捨てて、目をつぶって考えてみましょう。外見や条件ではなく、中身で見てみれば、周りにたくさん素敵な人がいるとわかるはずです。

目を閉じて世の中を見ると、目の前には違った世界が広がります。そして、自分が本当に求めている相手がわかるはずです。

結婚の失敗を恐れて、安全パイを選び、一人で寂しくしているより、たとえ失敗しても情熱的に後先のことを考えず、好きな人がいたら結婚したほうがいい。

「一緒にいたいな」「好きだな、毎日会いたいな」と思う人がいるなら、勇気を出して行動するべきです。最近は熟年結婚も増えていますが、私はこれも大賛成です。

結婚式にて

妊娠、溢《あふ》れだす愛情

「子どもを産む」という経験は、私にとって人生最大の喜びでした。

妊娠した途端《とたん》に、気持ちが劇的に変わりました。妊娠して自分の体が変わっていくと、まず、「もう自分は一人じゃない。だから健康に気を付けよう。ちゃんとしたものを食べてちゃんと寝よう」という気持ちになりました。

私は、母親になることに不安はありませんでした。むしろ、自分の体の変化を楽しんだぐらいです。

宝が、私のおなかの中に入っている。自分の命は自分だけのものではないという、とても不思議な気持ちでした。

子育て——。「生命を育む」という親の仕事は、新たな感動を与えてくれます。「こんなにいっぱいの愛情が自分の中にある」ことを気付かされるのです。「こんなに無条件で自分が人を愛せるなんて」と思うほどの愛情が溢れ、子どもの顔を見ているだけで愛《いと》おしくて、涙ぐんでしまう……。母親になってそんな変化がありました。

仕事と子育ての両立

妊娠中も仕事を続けていたので、「子どもが生まれたら何とか状況を変えなければいけないな」と思っていました。

それまでは大手のプロダクションに所属していましたが、子どもが小さいうちはどんなペースで仕事ができるかもわかりません。会社に迷惑をかけないためにも、私の場合は「独立」を決意しました。

当時、義父の会社の仕事をしていた夫も、

そこを辞める決断をしてくれました。今考えるとかなり大きな賭《か》けです。しかし、あまり不安はありませんでした。

「二人ならやっていける、どうにかなる」という、いつもの楽天的な考え方です。私が三一歳、事務所の社長となった夫は三二歳でした。

妊娠して子どもができると、普通、女性は今までとまったく同じ働き方をすることができなくなります。働き方を変えたり、仕事を辞めたりしなければなりません。そのとき自分を見失わないことです。

もちろん親としての責任は真っ先に考えないといけない。ではどうすれば夫婦二人で力を合わせて子どもにいい状況をつくっていけるか。このときこそ、パートナーとじっくり話し合うことが大事です。

もし子育てと仕事の両立を考えるならば、会社とも本気で話し合い、そのうえで具体的に働き方を計画しなければなりません。

自分の権利を主張するだけでなく、母親になっても会社にどれだけ貢献ができるのか、社会にどんな貢献ができるのか、話せるだけの力を身につけておくことが必要です。

もし子育てに専念する道を選んだとしても、社会に貢献することはできます。地域の仕事をしたり、ボランティアをしたり、社会との接点を切らさないことが大切だと思います。

私の場合は、子育てをしながら、どうやったら仕事とボランティアを続けられるか、ずっと考えていました。そして、もっと自分自身に実力をつけようと心に決めました。

子連れ論争

当時は私は横浜に住んでおり、仕事場まで、道路が混んでいると車で片道二時間半ほどかかりました。

もちろん、一度家を出たらなかなか戻れません。香港から親戚が手伝いに来てくれて、子どもの面倒も見てくれていましたが、母乳で育てていたので、長い時間子どもを置いてはおけません。

そこで、仕事先に了解を得て、生後三カ月の子どもを連れて仕事へ行くことにしました。

芸能界にかぎらず、女性が子連れで出勤するのは本当に珍しい時代でした。とくに歌手は、「結婚したら引退」が当たり前の時代だったので、私のように、結婚して子どもを産んだだけでなく、子どもを連れて仕事場に行くというのは皆無《かいむ》でした。

そうした背景の中、子連れで働くことの是非を問う「アグネス論争」が起きたのです。

働いている母親や父親の背中には子どもがいる——。そうした事実が、「論争」をきっかけに、改めて世の中にクローズアップされたことはよかったと、今は思っています。

しかし二十数年前は、母親が子育てしながら働くには、かなり厳しい社会でした。

「論争」を通じて「本当は働きたかったのに私はあきらめた」とか、「家庭を持ちたかったのに、働きたいからそれを犠牲《ぎせい》にした」という女性たちの切実な思いを実感しました。そして、だからこそ私は、「結婚して母親になっても、働きたいなら働ける」ということを示したかったのです。

独身時代と働き方は違うかもしれない。でも、情熱を持って働きながら、子どもや周囲にも迷惑をかけないように仕事と子育てを両立していきたい。そう思って、「論争」をバネに、よりいっそう頑張りました。

当時、仕事先の人たちは私の働き方を理解して、よく応援してくれていました。それだけに、「どんなに逆風が吹いてもしっかり自分を持って頑張ろう」と覚悟を決めていました。

一番大事なことは、心がぶれないことです。自分のやっていることは間違っていないと信じ、正しいと思うことを自分の生き方で証明していくしかありません。

もし私が逆風に負けて、子どもを産んでから仕事ができなくなり、元気がなくなってしまったら、後に続く女性は、「やっぱり、子どもを産んじゃだめなんだ」「子どもを産んだら働けない」と思ってしまう。それではいけません。

「アグネスは、子どもを産んでも、元気で頑張って第一線で働いているじゃない」「アグネスだって産んでいるんだから大丈夫」「私も産んでみようかな」――多くの女性にそう思ってほしくて、とにかく夢中で頑張りました。

そのぶん、人に見えないところでの努力も本当にたくさんありました。

子どもと女性を応援する社会

「子連れ出勤」というので、〝スタジオまで子どもを連れていくのか〟と誤解されたこともあります。しかし実際は、スタジオの中には絶対に入らせず、楽屋で過ごすようにと決めていました。

テレビなど収録が長い時間は、親戚が近くの公園に遊びに連れていってくれたり、昼寝をさせたりして時間をつぶし、私は仕事の合間に楽屋に戻って母乳をあげて、また次の収録……ということを繰り返しました。「子連れ出勤」は大変といえば大変ですが、今振り返ってみると、それはとても充実した楽しい時間でした。

〝親仲間〟も増えました。今まで、芸能人同士、仕事仲間として付き合っていた人たちも、親としての顔を見せてくれて、話も弾《はず》みました。

子連れ論争当時

もちろん、周囲に甘え過ぎてはいけません。実際には、職場に子どもを連れていけない人のほうが多いのが実情ですし、「仕事に集中できなくなるから」と職場に連れていきたくない人もいるでしょう。子育てのかたちは人それぞれです。

ただし私は、どんな形であるにせよ、子どものいる働く母親を、社会は支援すべきだと思います。昔は大家族の中で、子育てをみんなで支えることもできました。しかし今は核家族で、近くに頼れる家族がいない人が多いのです。

子どもは社会全体の宝です。子どもが減れば社会の活力も失われてしまいます。

もし女性に、本当に子どもを産んでほしいならば、社会全体で女性と子どもを支え

ていかなければなりません。世の中の風が「子育をしている女性と子どもを応援しよう」ということになれば、若者も安心して子どもを産めるようになるはずです。

一人一人の心構えが大切です。

止まらない少子化

「アグネス論争」が起こったころは、〝少子高齢化社会〟の始まりの時代でした。

「どうしたら子どもを産んで育てながら仕事ができる世の中が実現できるか」、国が少子化対策を考え始めたのもこのころでした。

「論争」でちょうど〝時の人〟になっていた私は、参議院の「国民生活に関する調査

会」に参考人として呼ばれました。そのとき私は、こう発言したのです。

「日本は、もっと子どもを持つ母親や、子どもに優しい世の中になってほしい。働きたい母親を応援していくためには、職場の近くや職場内に子どもを預かってくれる施設がほしい。そんな優しい社会になったらいいですね——」

その発言が報道されると、「そんなことできるはずないじゃないか」とバッシングを受け、火に油を注ぐように「論争」はどんどん熱くなっていきました。

当時の日本は、「男性社会」の考え方そのもので、子育てはものすごくプライベートなことであり、仕事は公のものだから、「公のところにプライベートなものを持ち込むな。そんなことは非常識だ」というものでした。その背景には、「子育ては女が家でするもの」という根強い考え方があったのです。

「子どもを連れてくるといったって、満員電車に子どもを背負った母親が乗れるはずがないじゃないか。非現実的な芸能人のたわ言だ」とも批難されました。

あのころ、社内託児所は、病院や夜の職場などに数えるほどしかなく、子育てをしながら仕事ができるという社会の環境がまったく整っていないときでした。

その理想とする姿すら全然見えない時代だったのです。でも、私は確信していました。いずれこの問題を改善しなければ、少子化は決して止まらない——と。

論争は約二年続きました。

子育てしながら働ける社会へ

八五年の「男女雇用機会均等法」制定を背景にして、八七年に「アグネス論争」が起きました。それから、少子化対策のための「第一次・第二次エンゼルプラン」と続き、「男女共同参画社会」を実現しようという流れになり、九一年「育児・介護休業法」が制定され、法律上は男女ともに産休が取れるようになりました。

　この間、少しずつですが、国や地方の対策も進み、企業が徐々にそれを反映していきました。

今、論争から二〇年以上が経ち、ようやく世の中の風も変わってきたように思います。

　あるデータによれば、現在、日本では五〇〇〇カ所近くの企業内保育所ができています。育児休業法ができ、フレックス・タイムによる出勤も珍しいことではなくなりつつあります。まだ完全ではないけれど、少しずつ取り組みが実を結びつつある。私は、そう思います。

　最近、子育てをしながら働く社員に優しい企業が増えたことも嬉しいことです。こうした変化の要因は、企業の中に私と同年代の経営者や指導者が増えたことにあるかもしれません。みんな、当時の「論争」を見てきた人たちです。しかも、「自分の妻も働きながら子育てをしていた」とか、「妻は働きたかったけれど仕事を辞めた」といった思いを経験してきた年代です。そうした経験を踏まえて、今、社員の働き方に柔軟に理解を示される方が増えているのです。

今後さらに、そういう企業は増えていくでしょう。そうすれば若者も、もう少し自信を持って、子どもを生んでくれるかもしれません。

世の中には、働いている母親がたくさんいます。私にはスタッフがいるので、たまには手を借りることもできますが、一人で子育てをしながら働いている母親は、とても大変です。でも、みんな前を向いて、一生懸命に頑張っている。だから、人ごとではなく多くの働く母親たちを支えてほしい。

そして、日本の未来を背負う子どもたちを応援していくことの大切さを、男性も女性も、独身の方も既婚の方も、一人一人が自分の問題として考えてほしいと思います。

夫とのコミュニケーション

家族でも積極的にコミュニケーションをとろうという努力は必要です。夫とも、子どもとも、隠さずに何でも話し合うという習慣をつけることがとても大事です。

「特別に話すことなんてない」なんて思わないで、いいことでも悪いことでも、何でも感じたことを話すのです。

日本では「阿吽《あうん》の呼吸」といいますが、家族でもちゃんと口で言わなければわからないことが多いのです。たとえわかっているつもりでも、話をしないとわからないことはたくさんある。だから、面倒くさがらずに、やはり何でも話し合うしかありません。

私は仕事でも家庭でも、何でも夫に相談します。

何か判断に迷ったときには、子育ての場合は、夫が意見を言ってくれて、私が最終的な決断をします。仕事の場合は、私が意見を言って、夫が最終決定をします。別に取り決めをしたわけではないけれど、夫婦でそういうバランスを取っているので、意見が違ってもケンカになることはありません。

夫はいつも子どもたちに、「ママの言うことは最終的にいつも正しい」と言っていますが、実は夫のほうが正しいことが多いと思っています。

子育てでも仕事でもそうですが、夫が正しいときには私は何も言いません。でも、「これはどうしても違うかな」と思ったときには、遠慮をせずに自分の意見を言います。夫は必ず一生懸命に私の主張を聞いてくれます。こうして何でも意見を言い合えるのも、お互いに対する尊敬の念があるからです。

男性の家庭力、女性の経済力

ひと昔前の日本には、夫婦の基本的な役

割分担として、「男性が働いてお金を持ってきて、女性が家のことは全部する」という考え方がありました。

まだ、その価値観にとらわれている人が多いかもしれません。しかし、時代は変わりました。女性が専業主婦であったとしても、夫を家事や子育てに巻き込んでいくことは大切です。

それは、いざというときのためにも必要なことです。たとえば、もし妻が急に倒れたらどうするか。そのとき、夫が家庭の中のことができる人間になっていなければ、「パンツはどこだ？」「薬はどこだ？」「食事はどうするんだ？」と大慌《おおあわ》てです。

反対に女性も、万一、夫に何か起きたときに、自分が働けるように準備しておかなければ、家計が破綻《はたん》して途方に暮れることになります。

家計を破綻させないための保険として、専業主婦も財テクをしたり、資格を取ったりする必要があるのです。

実は夫も、結婚したときには料理も苦手で家事も一切できませんでした。でも今はとても上手です。夫が料理をしたら、私はほめ倒します。嘘《うそ》でほめているわけではありません。実際にすごくセンスがいい。男性は料理を作り始めると凝《こ》る人も多く、あっという間に上手になる人が多いものです。

また、家事にしても、「パパ、子どものシャツは引き出しの何段目ですよ」などと、意識して言っているうちに、家の中のことがわかるようになり、だんだん子育てや家事も手伝ってくれるようになりました。

夫婦が二人でいるのは、お互いに協力して力を寄せ合ってカバーし合うため。

お互いに自立した人間であることを忘れずに、尊重し合い、協力し合って暮らすことが大事なのです。そのためにも、これからの世の中、男性は「家庭力」を、女性は「経済力」をつけることが肝心《かんじん》です。

役割分担をしない

たとえば夫が、自分に合っていない嫌な仕事をしている場合、「妻や子どもを養わなければいけないから、会社を辞めたくても辞められない」ということがあります。

そのとき、妻に経済力があれば、夫は

「じゃ、我慢《がまん》しないで会社を辞める。自分に合った仕事を探す間、家計を守ってほしい」と言うことができます。そうすると男性もすごく楽になるはずです。

「その間、僕《ぼく》が家事をやりながら資格を取る勉強をするから」ということもできます。するとと、夫婦とも、お互いに選択肢がたくさん増えるのです。

アメリカでは、そういう夫婦がとても多く、私の友人にも、夫が学校に戻って勉強し、妻が働いて家計を支えている家庭が何組もありました。

〝夫婦で家事・育児を役割分担〟という人もいます。でも、我が家ではまったく役割分担はしていません。

「私はここまで、あなたはそこまで」と役

割を決めるのではなく、「いろいろなことを、お互いに自分で一〇〇パーセントやる」という気持ちでいるのです。そうすると、心に余裕が生まれてきます。

夫が先に帰っていて、自分が帰るとご飯が全部できていたとか、洗濯が終わっていたとか、夫が家事をしてくれると、本当に心からありがたいと思います。もちろん「今日は夫が遅くなるから全部私がやっちゃおう」という日もあります。

押し付け合うのではなく、お互いに進んで家事をやる関係ができると、夫婦関係はとてもうまくいきます。

ただし、その家庭の価値観によって、いろいろ事情が違うので、これは絶対とは言えません。結局は夫婦でよく話し合って、自分たちなりのやり方を編み出していくしかありません。

いずれにしても、「男性は仕事」「女性は家事」という固定観念を捨てて、夫婦がともに納得して暮らしていける方法を作り上げることが大切。そのために夫婦の会話は欠かせません。

私は自分の経験から、「仕事」と「家庭」と「ボランティア（社会貢献）」の三本柱のある生活が、人生のバランスを良くすると思っています。仕事が大きな比重を占める人、家庭が大きい人など、人それぞれ、年代によってもバランスは変わると思います。しかし、この三本柱があるというだけで、人生はより楽しくなると思うのです。

歳を取って仕事がなくなったときには、

ボランティアや社会貢献の経験が生きてきて、家庭の比重が大きくなる。

家庭を失ったときには、仕事と社会貢献が自分を支えてくれるかもしれません。だから、この「人生の三本柱」はセーフティーネットのようなもの。二本の柱のテーブルよりは、三本柱のほうが安定します。精神的にも安定するので、これはお勧めです。

母親になること、父親になること

女性は、妊娠した途端《とたん》、自分の中の母性を意識します。そして産んだ後に少しずつ準備を始め、母乳をあげたり、子育てをしている間に母親になっていきます。

しかし、男性は、どこかで意識して子どもと向き合う経験をしないかぎり、子どもが産まれただけでは本当の意味で父親にはなれません。

人によってタイミングは違いますが、子どもと一対一で向き合い、いろいろな話をすることで、ようやく父親になっていくのです。

夫は、私が長男を産んだときには子育てに全然かかわっていませんでした。夜中の三時とか四時までお酒を飲んで帰ってくることもあり、遠くから私の子育てを眺めているようなところがありました。

ところがあるとき、本気で子どもと向き合う機会がありました。

私がスタンフォード大学に入る面接のた

めに、親子三人でサンフランシスコに行ったときのことです。長男は二歳になったばかりでした。私が面接に行くので、夫は、長男と二人だけで三、四時間を過ごさなくてはならなくなりました。

それまでの夫は、「子どもは三歳までの記憶はない。だからいろいろ話したって遊んだって意味はない」と考えていたようです。しかし、二歳の長男と三、四時間を過ごしたときに気が付いたそうです。

「あれ、この子は全部わかっている。きっと一歳のときに、言うことを聞かないから頭を叩《たた》いたことだって、潜在意識の中で覚えているに違いない。二歳でも全部親のことをわかっているし、こちらがどういう態度で接しているかも、すべて理解している。これはまずい。子どもとの付き合い方を変えなくては。小さくても、一人の人間としてきちんと付き合わないと、大変なことになるぞ」……。

そう感じたそうです。それ以来、子どもとの付き合い方がガラリと変わりました。一人の人間として長男と付き合い始めたのです。

「子どもにこんなに見られているんだ」と思った途端《とたん》、怖くなり、「どこから見られても恥ずかしくないような父親にならなければ」と思ったそうです。夫は子どもによって成長し、それ以来、子育てにも家事にもすすんで参加するように変わっていきました。

そして次男が生まれたころには、まるで

別人のよう。私と張り合って、本気になって一緒に子育てをしてくれました。

仕事の世界しかない男性は、自分の人生をとても狭めていると思います。人間としての価値は、「売り上げをどのぐらい伸ばせるか」だけではありません。「お酒をどのぐらい飲めるか」でもありません。

それも楽しいかもしれませんが、もう一つの可能性もあるのです。「子どもに頼られ、自分が何か助言することによって子どもの行動が良く変わっていく」ときの満足感は、仕事や遊びを上回る、人間にとって一番基本的な感動なのです。

真剣に家族と向き合うことは、本当に継続的に自分の自信になり、人生のプラスと

なります。それが人間としての幅を広げることにもなるのです。

子どもは神様からの預かりもの

「子どもは神様から預かったものだ」とよく言われます。

「預かりものだ」と思ったら大事にします。決して粗末《そまつ》にはできません。子どもはいずれは社会に返すもので、親の持ち物ではないのです。

しかし、今の世の中は、子どもを自分の所有物のように考える親が多いのか、児童虐待《ぎゃくたい》のような事件が後を絶ちません。本当に簡単な理由で、子どもを傷つけたり殺

したり、耳を疑いたくなるような家族の事件が多くて驚きます。

「しつけ」だからと言って、子どもに暴力を振るう親がいます。それも完全な完全な虐待です。殴《なぐ》ったり、蹴《け》ったり、火傷《やけど》をさせたりといったことがなくても、たとえばご飯を食べさせなかったり、お風呂に入れなかったり、教育を受けさせなかったり。これも〝ネグレクト〟（保護の怠慢《たいまん》）といって虐待になります。

子どもの虐待は絶対にいけません。虐待するぐらいなら、施設に預けたほうがいい。そのほうが親も楽になるし、子どもも助かります。親のメンツなどにこだわらず、虐待をしてしまう親は自分を救うためにも、子どもと離れたほうがいいのです。

熊本の病院が設置した「赤ちゃんポスト」に反対という意見もあります。しかし、捨てたり、虐待するぐらいだったら、ポストに預けてくれたほうがよいと私は思います。「あなたが産み出したけれど、子どもの命はあなたの持ちものじゃない。神様から預かった命なのだから社会に返してください」と言いたいのです。

私たちも忙しすぎたり、心に余裕がなかったりすると、つい子どもを放っておいたり、邪険《じゃけん》にしがちです。でもいつも「神様からお預かりした大切な命なんだ」ということを忘れずに、大事に子育てをしていきたいものです。

家族をあきらめない

家族間の犯罪が増えている今、「家族の在り方」が問われている気がします。

親子ともに話をしないで、お互いに孤独で理解し合えないから、そういう犯罪が起きるのでしょうか。理想ばかりを追い求めて現実が見えなくなり、隣の芝生ばかりが青く見えて、自分の親が嫌になったり、自分の子が嫌になってしまうのかもしれません。

自己中心的になり、自分しか見えていない人は、たとえばテレビ画面の中に自分が映っているとして、自分の顔のアップしか見ていないのです。本当は、引いた大きな画面の中で、自分がどこに立っているのかが見えなければいけないはずなのに……。

「自分ばかりが損をしている」とか、「自分ばかりが大変だ、孤独だ」と思っている人もいます。でも世の中は、みんな大変なのです。だから、「みんなが自分のために何もしてくれない」と考えるのではなく、「自分が人のために何ができるか」を考えてみましょう。すると、不思議と心に余裕が生まれてきます。

家族を築き上げていくには、お互いの信頼が第一。家族同士で信頼関係を作っていくには、やはりコミュニケーションが何よりです。家族一人一人を尊敬し、自分も尊敬されるように努力する。

親としては、子どもが親と一緒に過ごす

時間が好きになるような環境を、小さいときから作り、守っていくことです。

人間同士、触れ合ったり話し合ったりすることをあきらめないこと。

家族をあきらめないこと。

「この子は手に負えなくてどうしようもない」とか、「早く大きくなって、手がかからなくならないかな」などと思わないこと。

その瞬間、瞬間、家族が真剣に向き合えば、必ず心を満たしてくれる喜びが見いだせるのです。

ときにはぶつかり合ったり、ケンカをすることもあるかもしれません。それでも忘れてはいけないこととは——。

お互いに愛することをあきらめないことです。


家族に何かを求めるのではなく、自分が家族のために何ができるのかをみんなで考えていく。そうすることで、家族の中に余裕が生まれ、喜びが生まれ、いい空気が生まれてくるのです。

家族ってすてきなもの

二〇〇八年のクリスマスで、結婚して二三年になります。その間に子どもが三人生まれ、家族は五人になりました。

本当に驚いています。とても不思議です。奇跡のようです。みんなそれぞれ性格が違い、意見が違い、毎年いろいろな新しい課題が出てきます。しかし、みんなで一緒に考え、成長し、支え合うことができる家族。

家族ほどすてきなものはありません。

　これは、もし私が独身でいたら、味わうことができなかった喜びです。私の前には、私が二三年間を生きてきた証《あかし》があります。子どもたちが私たち夫婦の歩いてきた年月の証として存在してくれているのです。

　子どもが息をして歩いています。自分が努力したものが、かたちになって見えているのです。それは素晴らしい体験です。

子どもたちと一緒に

家族がいないということは、私には想像ができません。家族があってこそ、私のすべてがあるからです。家族は私の命そのものです。

自分が病気になったとき、なぜもう少し生きたいのかと考えました。

　乳がんになってあとどれだけ生きられるのかを考え、「三男が一五歳になるまでは生きたい」と思ったとき、自分の生きていく理由がはっきりしました。

まずは子どものため、家族のためなのです。

人間は歳を取れば、誰でも必ず死んでいきます。しかし、子どもたちの命の中に、私は生き続けることができます。命ってそういうものだと思います。自分の責任として、私は子どもたちを社会に役立つ人間に育て上げたい。それまでもう少し、何があっても頑張ろうと思います。

第五章

世界で出会った「生命」の輝き

エチオピアで
出会った孤児たち

自分の子も人の子も、日本の子どももも世界の子どもも、生命の重さに違いはありません。どんな生命でもすばらしい生命であり、掛け替えのない生命です。

私は、ユニセフなどのボランティア活動を通して世界各国でたくさんの子どもたちと出会いました。その中には、今を精いっぱいに生きようとする、いろいろな生命の輝きがありました。

極限状態の中にも、すばらしい「愛情」があることを教えてくれたのは、一九八五年、「24時間テレビ」のメインパーソナリ

ティとして訪れたエチオピアの難民キャンプ。そこで出会った二人の孤児です。

当時、エチオピアは干魃《かんばつ》と内戦で、何百万人という人たちが飢えて亡くなっているという状況でした。

私が訪れたシリンカ村のキャンプでは、三五〇〇人余りの子どもたちが給食を受けていました。大人は体重が三三キログラム以下でなければ配給が受けられません。ここで二人の孤児と出会いました。

一人は「アラゲ」という一二歳の男の子、もう一人は「アルメイト」という四歳の女の子。アラゲがアルメイトの面倒をずっと見ていたので、私は、二人が兄妹だと思っていました。聞いてみるとそうではありません。

アルメイトは赤痢《せきり》にかかっていました。母親が彼女を置いてどこかへ行ってしまったので、アルメイトは一人ぼっちでした。アラゲは、病気の母親と一緒にキャンプに来たのですが、母親が亡くなったので一人でキャンプに残っていました。

そこで、現地の看護婦さんがアラゲにアルメイトの面倒を見させたのです。兄妹でもないのに、アラゲの献身的な看病で、死に直面していたアルメイトは、奇跡的に回復しました。

アルメイトは長い間食べることができなかったので、体が小さく、まったく歩けません。それで、アラゲはいつも彼女を腰に抱っこしているか、肩車をしていました。夜は、古着で作ったおむつを着けてあげて

寝かせます。とても感心しました。

そのときは、本当に食べ物が少なくて、子どもたちへの配給もほんの少し。夜は、「ケタ」というパンケーキのようなものが一枚だけです。

朝早く、アラゲたちのテントをのぞくと、アラゲは自分の寝床の下からケタを半分取り出し、泣いているアルメイトに食べさせていました。

「それ、どうしたの」と聞くと、「朝、アルメイトがおなかが減るので、夜、僕は、半分しか食べてない」と言うのです。自分の分を半分残して、アルメイトに食べさせる。その話を聞いて、涙があふれました。普通の親、きょうだいでもなかなかできないことです。ましてや、血もつながってい

ない、ある意味では押し付けられた仕事なのに、アラゲは全然そうは思っていないのです。

こんな絶望的な状況の中でも希望を失わず、自分より他人を思いやることができるアラゲ。なぜ私たちにはできないのだろう。自分もそうなりたいと強く思いました。

キャンプから帰る日、アラゲが「ちょっと待って」と言って、アルメイトを抱いて走ってきました。

「見て、見て」とアルメイ

アルメイトを膝の中に入れ、アラゲと一緒に。

トを腰から下ろし、地面に立たせると、自分がちょっと下がって、「おいで、おいで」とアルメイトを呼びます。

アラゲはアルメイトに歩く練習をさせていたのです。アルメイトは泣きべそをかきながら、一歩、二歩、三歩……と歩いて、すとんとしりもちをつきました。それでもみんなで、「歩いた、歩いた」と、大拍手です。

人間は、一人では生きられないけれど、寄り添って生きると、たくさんの力がわいてきます。

　自分のためだに何かをしているときではなく、人のために何かをやっているときにこそ、本当の力が出てくるんだな――。そうアラゲとアルメイトに教えられました。

　アラゲがいなければ、アルメイトはきっと死んでいたでしょう。まして、歩けるなんて、夢の先の話です。アラゲは一人の女性の人生を変えたのです。

　アラゲとアルメイトのことをずっと忘れられず、私は「ワン・ステップ・アット・ア・タイム（One Step At A Time 一歩ずつ）」という歌を作りました。

「みんなは君を信じなくても、僕は君を信じている。絶対に歩けると思う。一歩ずつ歩いていこう。もう、飢《う》えや戦争のないところに行こう」という内容の歌です。


　今頃は二人ともすっかり成長していることでしょう。一〇〇万単位の人たちが、飢えて死ぬという状況の中、私が出会った一つの愛の物語です。

カンボジアのサリー

　カンボジアの「ポイペット」という街では、二度にわたって親に売られた「サリー」という女の子に会いました。ここの住人の多くは、カンボジア内戦のときに、タイの国境に逃げてきた人たちです。

　そのため決まった仕事がなく、みんな出稼ぎに行くか、国境を越えてタイの市場で働くしかありません。

ここでは「人身売買」が大きな問題となっていました。国境を越えて子どもたちが売買されているのです。

人身売買は一九八〇年代から増え始めました。それは、エイズがはやり出したことに関連して、男性が、「より若い子がいい」と言い出し、子どもを買うようになったからです。子どもは大人の性的な欲望の犠牲《ぎせい》になるほか、安い労働力として買われて、工場や船で働かされたり、物乞《ものご》いをさせられたり、ときには臓器売買の犠牲になったりもします。

サリー（左）の話を聞く

NGOの施設に保護されていたサリー（一一歳）は、ちょっと無口で照れ屋のかわいい子でした。

サリーは母親から二度も売られ、タイで働かされていましたが、NGOに保護され、施設で寝泊まりしていました。

NGOの職員は何回か母親と面接し、その反省の様子から、サリーを家に返すかどうか判断しようとしていました。私がサリーに出会った次の日が、ちょうど母親とサリーの面接日。

「一緒に行こうね」と約束して行ったら、当日の朝、施設の医師が「サリー、昨日の夜中から熱が出てるんです」と言うのです。

「私は、お母さんが大好きです。私は、自分の妹たち、弟たちの面倒《めんどう》を見なければいけないから、帰ります」とサリーは言います。

一緒に車に乗って家へ向かいました。途中の車の中で、サリーは私のひざの上に寝ていましたが、熱は引かず、ずっと吐き続けます。

「サリー、本当に帰りたいの？」と聞くと、

「はい、サリーはいい子ですから帰りたい」

と言うばかりです。

「もしかしたらこの子、帰りたくないから、体中にこういう反応が出てしまうのかも……」

そう考えて、こう言ってみました。

「サリー、こんな姿で帰ったら、お母さんが心配するよ。だから、体が治ってから帰ろうか？　いい子だったら、元気になってから帰るよ」

それで車をUターンさせて施設に戻ることにしたら、一五分も経たないうちに、サリーの症状はけろっと治ってしまったのです。あっという間に熱が引き、吐き気もなくなりました。

そのとき、私はやりきれない気持ちになりました。自分を一番守ってくれるのは母親のはずなのに、その母親に裏切られたら、子どもはどこに行けばいいのでしょう。

私は、サリーを施設に送った後、サリーの母親に会いに行きました。父親は、家を出てしまっていませんでした。

「何でサリーを売ったの？」「二度も娘を売るなんてひどい」「サリーがどんなにつらい目にあったか知っているでしょ」そう話すと、母親は、「もう絶対にサリーを売らないから。そんなにひどい思いをしているとは知らなかった」と言い訳をしていました。しかし、サリーの兄もまた、タイへ行ったまま、ずっと村に帰っていなかったのです――。

こうして人身売買や買春の犠牲になっているサリーのような子どもは、今、世界中に毎年一〇〇万人以上もいるといわれています。


サリーはきっと家に帰って、母親に甘えたいに違いありません。しかし、ＮＧＯの担当者は、「まだ母親の元に子どもを返すのは危険だ」と判断しました。サリーの気持ちを思うと、胸が苦しくなります。

エイズにかかった少女

タイでは、山岳民族の子が多く売られていました。タイ語が話せないので、一度売られてしまうとなかなか逃げられないのと、貧しい暮らしをしている家族が多いので、そういう子どもが狙われるのです。

私が出会ったのは、北部山岳地帯に住む「アカ族」の少女でした。離婚した母親を助けようと思い、知り合いに「仕事がある」

と言われて付いていったら、その日から買春宿に入れられ、レイプされ、働かされるようになりました。

　二年くらいそういう仕事をさせられた後、彼女は客だったトラック運転手に助けてもらい、自力で村に戻りました。

　しかし、母親はこの間に亡くなっていました。しかも、彼女はエイズを発病していたのです。病気がわかった途端《とたん》、彼女は村から追い出されました。

　私が出会ったときは、ＮＧＯの施設で暮らしていました。

　一七歳のかわいい女の子。彼女をどう慰《なぐさ》めればいいのか、私は困惑しました。

「好きな人いるの？」と聞いてみると、「いるけど、私みたいな病気がある人は、恋愛する資格がないの」と、小さな肩をいっそう小さくして、下を向いてしまいました。

「そんなことないわよ。好きな人がいるなら、ちゃんと話をしなさいよ」と言いながらも、慰める言葉が見つかりませんでした。

　別れるときに、私は自分の片方のイヤリングをはずして、彼女に手渡しました。

「これ持っていて。私も片方を持っているから、さみしくなったらそれを見て。遠い海の向こうで、私があなたのことを思っていることを思い出して」と言うと、彼女の瞳に少しだけ光が戻ったような気がしました。

　だまされて売られ、エイズをうつされてしまった彼女には、何の責任もありません。子どもを売買する犯罪者たち、そして買春をする大人たち。私は抑えきれないほどの怒りとともに、「一生をかけてこの問題に取り組もう」と、固く心に誓いました。

トラウマを抱えた女性

タイから帰国後、私は「児童買春・ポルノ禁止法」を日本で成立させるために、できるかぎりの活動を始めました。そして九九年、法律は成立しましたが、その後もこの問題は私のライフワークの一つになっています。

タイ・アカ族の女の子（左）
慰める言葉が見つからない。

EUが統合し、国と国との行き来が活発になり、経済が豊かになったと言われるヨーロッパでも、その発展の陰に隠れ、しわ寄せを受けている国があります。EU未加盟のモルドバ共和国もその一つです。経済体制が変わり、一握りの人たちがすべての利権を握ってしまい、一般の人たちは食べていけない状態になったのです。

二〇歳の女性に話を聞きました。彼女は一六歳のときに母親とケンカをして首都に出ていくことにしました。

　バスに乗ると、運転手に、「どこに行くの？」と聞かれ、「首都のキシニョフに行って仕事を探す」と言ったら、「知っている人がいるから紹介してやるよ」と言われ、駅に連れて行かれました。

　そこで別の男から、「このパスポートを持って電車に乗りな。国境を越えてロシアのモスクワに着いたら、迎えの人が来ているから」と言われ、彼女は電車に乗りました。でも、パスポートを開いてみたら自分のパスポートではないし、写真も全然違います。

　そして、モスクワに着くと、迎えの男の手続で入国できたと言います。そして、その晩レイプされ、そのまま買春宿で働かされることになったのです。

「違法入国をしたから、お前は犯罪者だ。ロシアは怖いぞ。捕まったら大変だぞ」と脅され、逃げられません。真冬でも裸同然の服を着せられ、冬の街に立たされ、売春をさせられました。何回も逃げようとして、そのたびに捕まって殴られたということです。

　三年くらい経ったとき、彼女は妊娠しました。子どもを守りたい一心で、女友達の家に逃げました。

　幸い、彼女の母親が出していた捜索願がモスクワに届いていて、それで病院へ行ったときに保護され、彼女はモルドバに帰ることができたのです。

　しかし、子連れで帰った村では白い目で

見られ、村にはいられなくなりました。それで、そのときはユニセフが支援している「駆け込み寺」で生活していました。「駆け込み寺」には、同じような境遇の女性がたくさんいるそうです。中には、自分の手首を切って死のうとする子もいれば、高いアパートから飛び降りて自殺しようとする子もいるそうです。

　みんな麻薬を打たれたり、たばこや酒を覚えさせられているので、ドラッグやアルコールの中毒になっていて、加えて、ほとんどの女性が性病にかかっているので、その病気を治すことから始めなければならないということでした。

　彼女もトラウマを抱えていました。

「夜は眠れません。人とは接触できない。

人にさわられるだけで震えてしまうのです。自分は汚《けが》れた、生きている価値のない人間です」

　そう言う彼女は、今でも自殺願望があるそうです。

　ただし、彼女のように保護され、リハビリ施設に入っている子はほんの一部です。ほとんどの被害者は、保護されることなく、世界中のあちこちで今も働かされているのです。

　ＮＧＯの人から聞いた話では、モルドバの女の子は日本にも連れて来られているそうです。

「児童買春・ポルノ禁止法」が施行されるまで、「日本は世界最大の児童ポルノの輸出国である」と海外から批判されていました。

確かに、少年・少女を現地で児童ポルノのモデルにして商売をしている日本人がいるのです。いまだに海外で買春をしている日本人の観光客もいます。

母親に売られた子も、エイズにかかってしまった少女も、トラウマから抜け出せない女性も、そして私たちも、すべての命の重さは一緒です。

お金で人の命を売買することは絶対に許せません。「決して自分は加害者にならない」と心に決めること。そして世界中で必死に生きている「命」があることも、忘れないようにしたいものです。

ジェハンの笑顔

今だに世界では、六〇カ国以上の国と地域で戦争や紛争が続いています。

戦火の下で苦しんでいる子どもも、たくさんいます。

二〇〇三年のイラク戦争のとき、アメリカは、「イラクが大量の破壊兵器を持っているから」という理由で攻撃を始めました。しかし実際には、破壊兵器はありませんでした。戦闘はアメリカ側が勝利し、すぐにブッシュ大統領が勝利宣言をしました。

私はその直後に、イラク第二の都市バスラに入ったのです。

クェート国境を抜けると、イラク側の国

境を守る人は、誰もいませんでした。イラクは警察も軍隊も何もない国になっていました。

五〇度を超える気温と目が開けられないほど強い日差しの下で、飲み水は下水が混ざった汚れた水しかありません。

アメリカ軍はインフラを破壊したばかりでなく、攻撃に「劣化ウラン弾を使った」とも言われています。街には戦車やトラックの残骸《ざんがい》が、あちこちに残され、被曝《ひばく》するおそれもあります。現地の子どもたちは、生活のため、その中に入り込んで鉄くずを拾ったりするので、当然、被曝してしまうでしょう。

「クラスター爆弾の不発弾や地雷により、毎日のように人が死んでいる」ということでした。

バスラに入ると、街の真ん中に大きな墓地があります。そこには、見渡すかぎり子どもたちの小さなお墓が並んでいました。その前で母親たちが大声で泣き叫んでいます。

「ピンポイント攻撃だから、一般市民に犠《ぎ》牲《せい》はない」というのは嘘だということを、私はこの目で見てきました。

そんな状況の中で、ヒマワリの種を売っていた「ジェハン」という九歳の女の子に出会いました。

ジェハンはとても痩《や》せていて、すぐに鼻血を出したり、めまいを起こしたりしますが、いつもニコニコした笑顔のかわいい子でした。

ジェハンは、「新しい服を着たことも、新しい靴を履いたことも、一度もない」と言います。食べ物のことを聞いても、「肉の味は覚えていない」。

びっくりしたことに、「温かい飲み物も飲んだことがない」というのです。

イラクは、コーヒーや紅茶がとても有名です。伝統的に、暑さを緩和するために、砂糖の入った温かいお茶を飲む習慣があるのです。私は、ジェハンの家まで付いていきました。

そして、ジェハンの母親に、「どうして温かい飲み物を飲まないのですか」と聞くと、「燃料がない」「火は一日に二回しか起こせないから、お湯は沸かせない」と言うのです。

彼らは、近くの川から引いてくる生水を飲んでいました。それで、家族全員、慢性下痢《げり》の状態です。もともと食糧が足りないのに、これでは、子どもたちは何を食べても成長できないと思われました。

「お母さん、イラクは石油大国ですよ。地面の下にはいっぱい燃料が埋まっているのに——」と言うと、「でも、うちにはないのよ。どこへ行っちゃったのかしら」と母親はとても悲しそうな顔をしました。

何気ない一言ですが、私はどーんと胸を撃たれた気がしました。

「これは石油のための戦争なのだ」と、そのときはっきりとわかりました。

ジェハンに将来の夢を聞きました。彼女は少し大人っぽい顔つきになって、「安定した生活だよ」と言います。

「どういうのが安定した生活なの？」

「それはね、夜、もう爆弾が来ないことだよ。そして、朝、お父さんを送り出したら、夜、必ず生きて帰ってくることだよ」

その言葉に胸がいっぱいになって、ジェハンをぎゅっと抱き締めました。

人は何のために戦争をするのでしょう。何でこんなにかわいい子どもたちが死の恐怖を味わわなくてはいけないのでしょう。私はジェハンの笑顔を思い出すたびに、戦争を起こす人々に対する怒りが込み上げます。

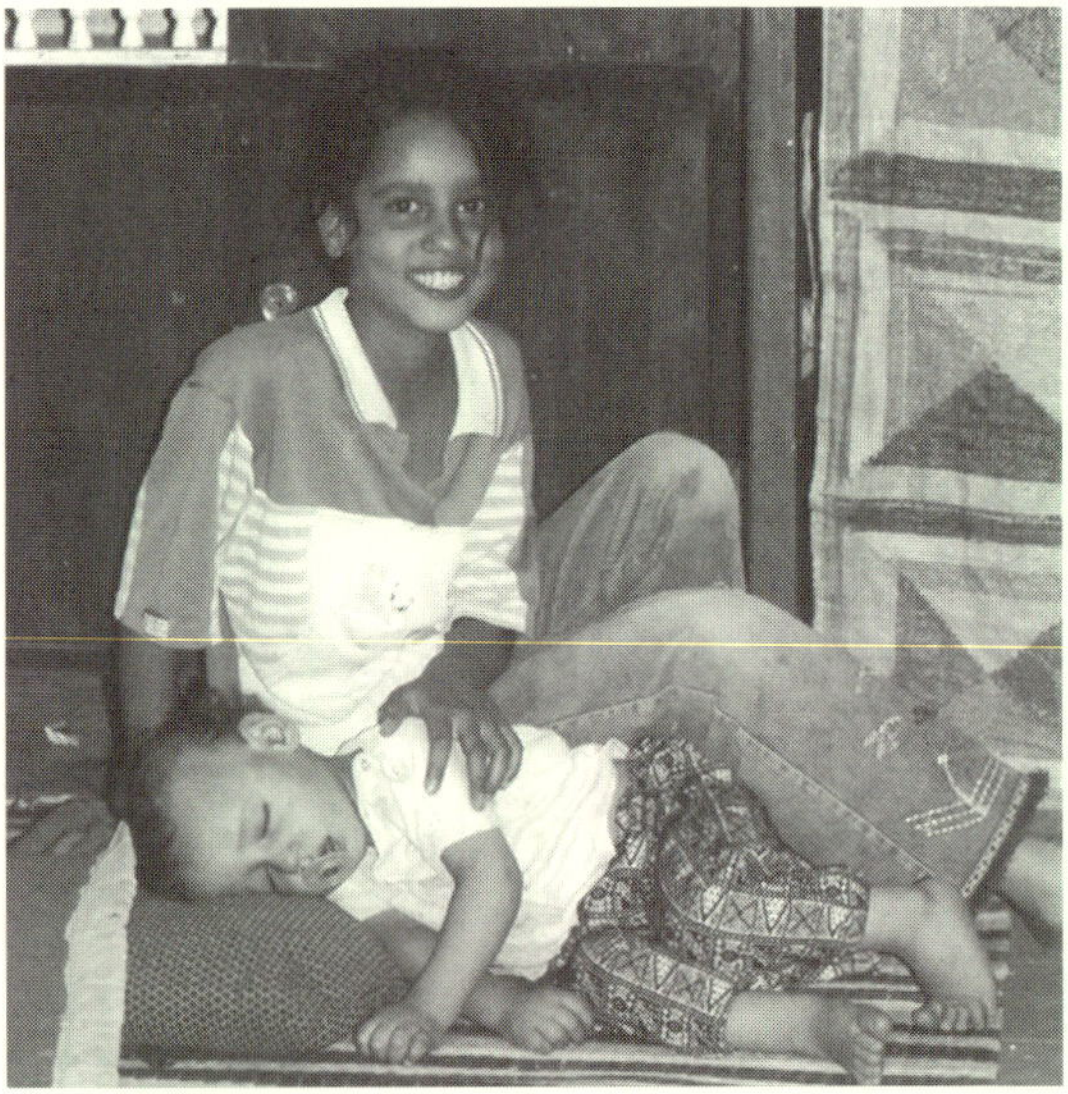

弟の面倒を見るジェハン（上）

イラクでは、もう何十万人もの人が死んでいます。戦争状態は終わっていません。遠い国から見ると、何十万人という「数字」だけしか見えません。

しかし現地に行ってみれば、その数字の一つ一つは、みんな笑ったり、泣いたりする、私たちと同じ人間なのです。必死に生活を立て直そうとしている家族思いの父親たち、何とか子どもに食べさせようとしているたくましい母親たち。私は光り輝くジエハンの瞳と、その笑顔を一生忘れることはないでしょう。

故郷を思う兵士の涙

「二一世紀最大の人道危機」と言われる虐《ぎゃく》殺《さつ》があったスーダンの「ダルフール」を訪れたときのことです。スーダンでは断続的に五〇年以上も内戦が続いてきましたが、ダルフール地方は今でも激戦地です。

「ジャンジャウィード」(馬に乗った悪魔)と呼ばれる政府側の民兵に焼き討ちされ、焼け野原となった山奥の村に入りました。すると、どこからともなく反政府軍の兵士たちが集まってきました。若い兵士にうな

がされ、小学校の跡地を見に行きました。

「この壁を見てください。ここに、血の痕《あと》があるでしょう。ジャンジャウィードは、ここに子どもたちを並ばせて、全員撃ち殺したんです」

そこには確かに、銃弾や血の痕が残ってました。その位置があまりに低いのです。私はたまらず、その場に泣き崩れてしまいました。

若い兵士が案内してくれた子どもたちのお墓には、一人に一個ずつ石が置いてありました。その数四〇個以上。「何で罪もない子どもたちが殺されなければならないのか。なぜこんなに長く内戦が続き、終わることがないのか」——人間の愚《おろ》かさに、悲しみと怒りの入り混じった気持ちがこみ上

げてきました。

その後、反政府軍の兵士がぞくぞく集まってきました。みんな銃を両肩にかけて、覆面をしています。

私は彼らに話を聞きました。

「あなたは何者なの？」と聞かれたので、「歌手です」と答え、歌を歌うことにしました。

「これは『帰って来たつばめ』という、故郷を思う歌です」

そう言って歌いだした途端《とたん》に、兵士たちの目から、大粒の涙が溢《あふ》れました。

「俺《おれ》は、妻も息子も殺された。今、四〇歳だけれども、もう何にも残っていないんだ。だから死ぬまで戦うんだ」

兵士たちは涙を流しながら、いろいろな

話をしてくれました。

激戦地であるダルフールの内戦も、その原因は石油にあると言われています。油田が発見され、いろいろな派閥の利権争いのために紛争が起こったのです。

帰ろうとすると、一人の若い兵士が、自分の胸に下げていたコーランの型をしたお守りをさっと取ってくれました。

「神があなたを守りますように」

銃を持った兵士でも、体の中に流れている血は、みんな同じ。みんな誰かの子であり、親であり、平和で安定した生活を望んでいるのだとわかり、目頭が熱くなりました。

背中から撃たれた母親

「種一粒残さない」というのが、ダルフールでの戦闘です。どんな小さな子でも、赤ちゃんでも、男だったら殺す。女だったら犯す。そしてすべての財産を奪い、水を飲めないようにして村中に火をつけるのです。

私が出会った一人の母親は、背中の銃弾の痕を見せてくれました。

赤ん坊の一人を後ろに背負い、もう一人を前に抱えて逃げていたとき、ジャンジャウィードに後ろから撃たれたそうです。母親は奇跡的に助かりましたが、背中の赤ちゃんはたくさんの銃弾を受け死んでしまいました。

背中を撃たれた母親（右から２番目）

こんな悲惨なことが、今でも現実に起きているのです。

現代の戦争は、その八割が「内戦」と言われています。

主な原因は、宗教の違い、主義の違い、民族の違い、歴史認識の違い、資源の奪い合いなのですが、その結果、命を落とすのは九割が民間人です。中でも、犠牲者の半数以上は子どもで、次に女性、お年寄りと続きます。兵士ではなく、抵抗できない弱い人たちから殺されていく。それが現代の戦争なのです。

戦争は、一部の人の決断で引き起こすことができます。でも平和は、多くの人の力を集めないと実現できない。

だから、本当に、みんなが一人一人、平和を願う気持ちを強く持って、それをあらゆる活動の中で反映していかなければなりません。

まずは一人一人が、自分の国から平和のメッセージを発信していくことが、スタートだと思います。そのためには、一部のメ

ディアからだけでなく、インターネットなどからも情報を得て、世界の現状を知る必要があります。

男性でも、女性でも、母親でも、働いている人でも、学生でも、まず「平和を守っていく」という意志を強く持ってほしい。そして、選挙やいろいろな活動を通じて、自分の意志をしっかり示せるようにしてほしいと思います。

今は、自分の国に関係のない戦争はほとんどないと言ってもいいでしょう。表面的には参加していないように見える戦争でも、私たちはいろいろな面で関係しています。決して無関心ではいられません。

石油の利権がからんだダルフール紛争。その石油も日本に運ばれてきます。背中か

ら撃たれて赤ちゃんを亡くした母親の悲痛な顔を思い出すたび、私は自分の責任の重さを改めて感じています。

ハインちゃんとの出会い

「奇形の赤ちゃんがこんなにたくさん生まれているのは、アメリカ軍が撒《ま》いた枯葉剤《かれはざい》の影響に違いありません」

ツヅー病院の一室に、医師の言葉が響きました。目の前には、ホルマリン漬けになって保存されている亡くなった奇形の赤ちゃんが、見渡すかぎりに並んでいます。

九〇年、私は「24時間テレビ」のメインパーソナリティとして、ベトナムを視察しました。ベトナム戦争が終わって三〇年ほど経っていたはずです。それでも「いまだに産まれているんですよ」という病院の医師に案内され、病室を訪ねました。

保育器の中には、胴の部分がくっついて生まれた二重体児の赤ちゃんがいました。

ツヅー病院には有名なベトちゃん・ドクちゃんも入院していましたが、医師によると、「ベトちゃんとドクちゃんよりは軽症だから、手術できると思う」ということでした。

さらに、市内から三時間ほど離れた病院にも奇形の赤ちゃんが入院しているというので、会いに行きました。

案内された部屋には、小さなベビーベッドが置かれ、蚊帳《かや》がかかっています。蚊帳を開けてみると、中に本当にかわいらしい赤ちゃんが、天使のようにスヤスヤと眠っていました。

「ハイン」ちゃん、「幸せ」という意味の名を持つ女の子です。彼女を産んだとたん、母親は、「私の子じゃない。そんなのありえない」と言って逃げてしまったそうです。

「父親が枯葉剤の撒かれた地域の出身なので、その影響ではないか」ということでした。アメリカ軍が撒いた枯葉剤に含まれているダイオキシンは、人体の生殖機能に悪影響を与えます。

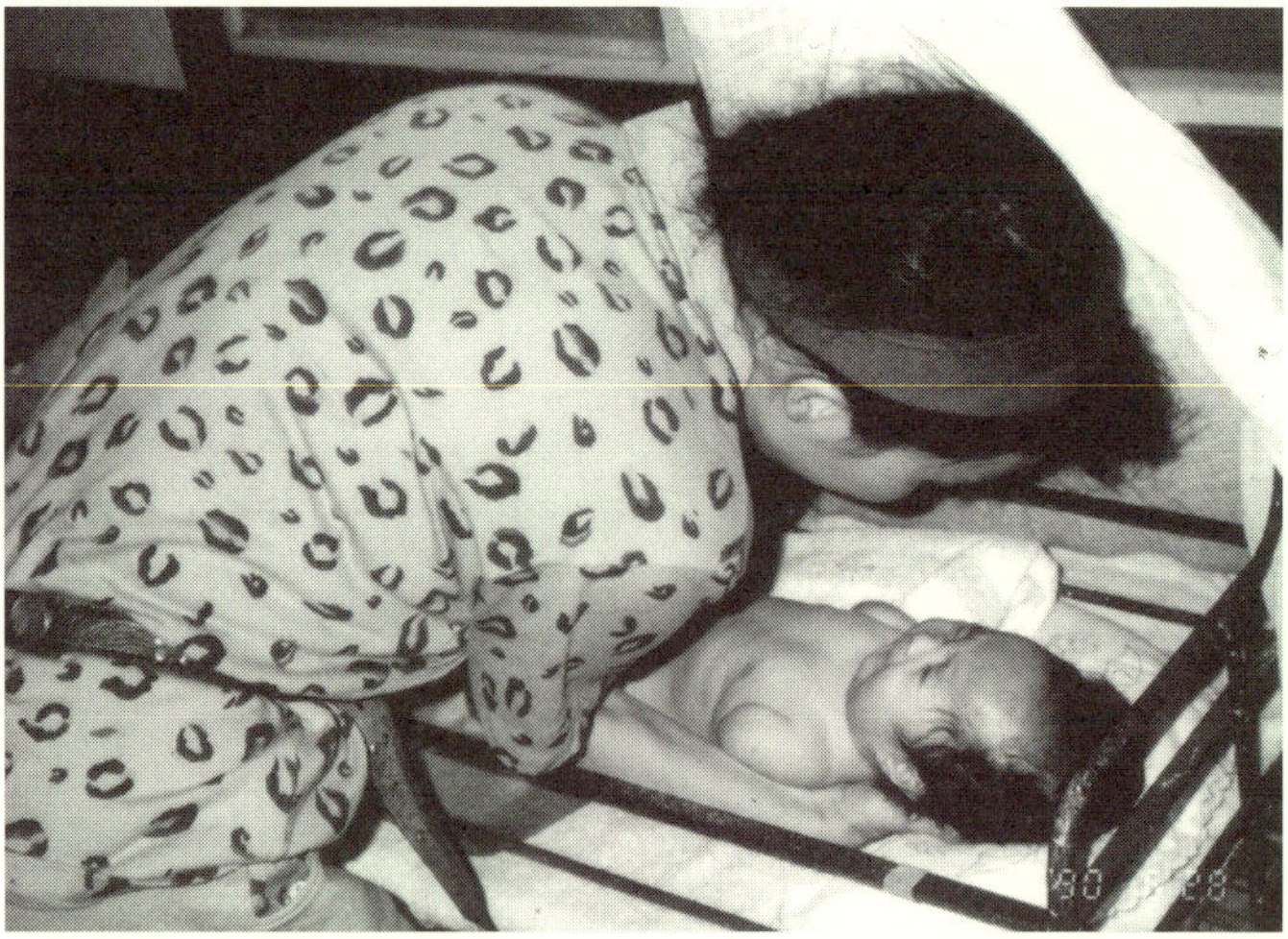
ハインちゃん

それが土壌に残って消えないため、戦後数十年経っても奇形の子が生まれ続けているというのです。
ハインちゃんを抱っこしてみて、びっくりしました。手足がまったく付いていません。まるで枕を抱いているような不思議な感触でした。
私の胸の中にいるハインちゃんがぐずりだしました。当時、私は次男を産んだ直後だったので、まだ母乳が出ていたのです。母乳を一度も飲んだことがないのに、本能なのでしょうか。おっぱいを欲しがってぐずったのです。

帰国後、私はどうしてもハインちゃんのことが忘れられませんでした。夢の中に出てくるほどです。

数カ月経って、思い切って夫に、「ハインちゃんを引き取ろうと思うの。どう？ うちは女の子がいないし」と相談すると、彼は「覚悟して引き取ろう」と言ってくれました。私たちはハインちゃんを養子にしようと決心しました。

そしてＮＧＯの友人がたまたまベトナムへ行くので、「どう手続きをすればいいのか」というメッセージと、多少のお金を託しました。そして、その後のハインちゃんのことを調べてもらったら、ハインちゃんは私たちが帰った後に亡くなっていました。

「日本に連れてきていたら、助かっていたかもしれないのに」

そう思うと、胸が締め付けられました。病院の医師が言っていた言葉が心に響きました。

「ベトちゃんとドクちゃんは、日本で手術を受け、日本のみなさんからの支援があったから、生きられたのです。でも、名も知れないたくさんの子どもが、ひそかに死んでいったのも事実。それを忘れないでください——」

ドクちゃんとの再会

二〇〇八年、来日したドクちゃんが、私

に会いに来てくれました。

前回会ったのは、彼が九歳のころ。とっても活発な子で、片足で病院の中を飛び回っていました。

それが今では本当に立派な若者になって結婚もし、パートナーも一緒でした。振る舞い方が紳士的で、おおらかで、心が広い。ハンディキャップを抱えていてもそれを乗り越え、亡くなったベトちゃんの分までまっすぐに育ってくれたと思います。

私は成長したドクちゃんの前向きな生き方を見て、まるで親のように嬉しくなりました。

「なぜドクちゃんに会っただけでこんなに感動するだろう――」

考えてみると、ある意味で、ドクちゃんは平和のシンボルでもあり、いろいろなことがあっても「人間は強く生きるんだ」という希望のシンボルでもあるのです。だから、〝頑張って彼が生きていること自体〟が、すべての人にとって励みになるんだなと思いました。

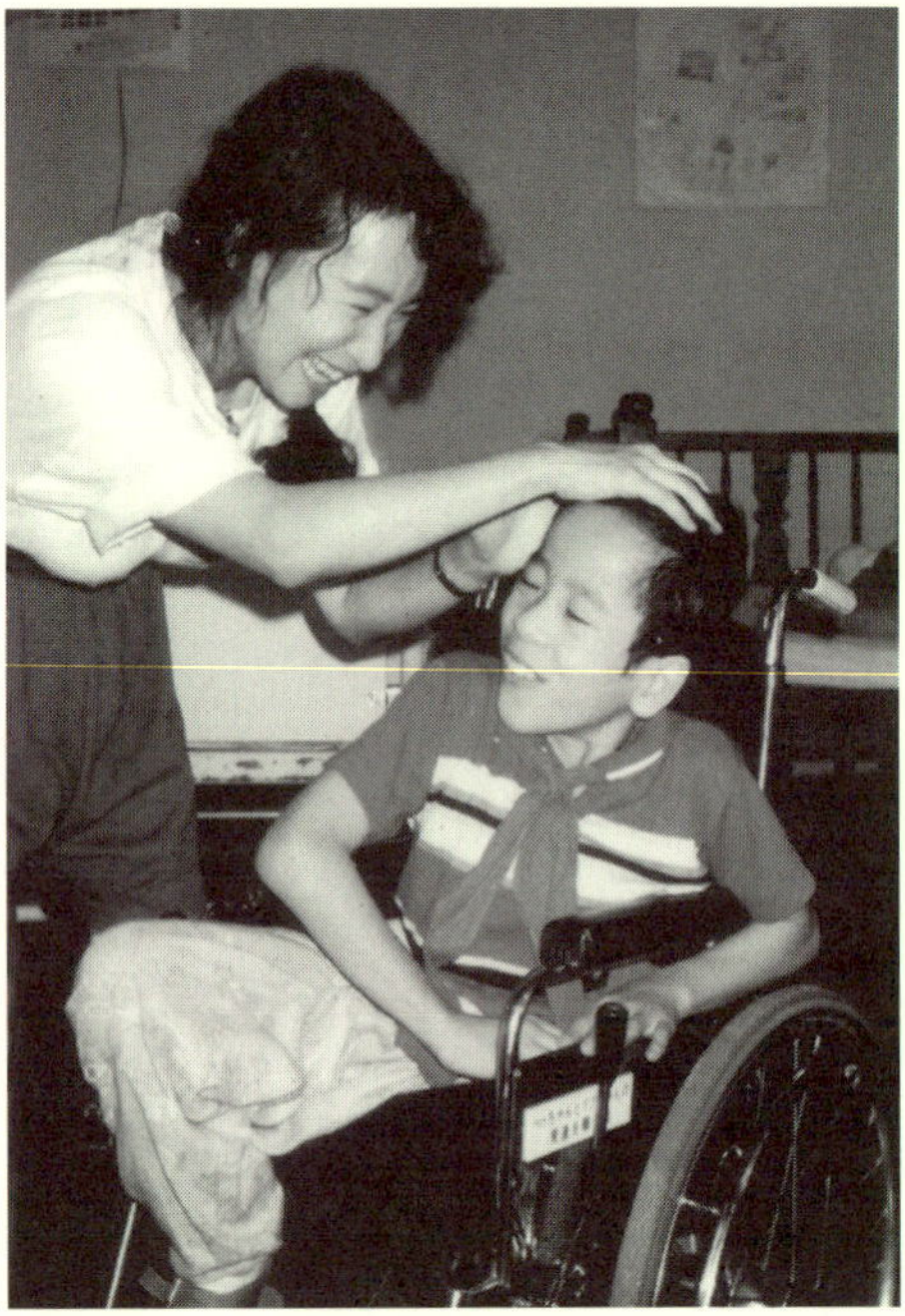

9歳のころのドクちゃん

私は香港時代、中学生のときからボランティア活動を始めました。毎週のように施設を訪ね、目の見えない子、耳の聞こえない子、体が不自由な子どもたちとたくさん出会いました。そういう人たちを私は、「障害者」とは思っていません。

たとえば目が見えないとか、手足が不自由とか、そういうわかりやすいところにハンディキャップを持っていると、みんなは「ああ、障害者だ」と思うでしょう。

でも実際、ハンディキャップを持っていない人などいません。私たちはみんな何かしらハンディキャップを持って生きているものです。

ただ、わかりやすいところにハンディキャップを持っているのか、そうでないところに持っているのかの違いだけです。

歳を取ったら、みんな体が不自由になります。目が見えなくなったり、耳が遠くなったりします。みんな同じなのです。

中学生になるまで極端な照れ屋で、人に挨拶《あいさつ》もできず、お風呂嫌いで汚かった私は、ボランティア活動で出会った子どもたちのおかげで、見事に変身することができました。

今、私が歌手として仕事ができるのも、ボランティアを続けられるのも、その原点は中学生のときに出会ったハンディキャップを持つ子どもたちとの出会いです。私は子どもたちから本当に多くのことを学びました。

自分を忘れて他者のために働くことの大切さ。元気に、思い通りに動ける体を与えていただいたことへの感謝。自分が人の役に立てることの喜び。

それらはすべて、ボランティア活動を通じで出会った子どもたちから、私への贈り物です。

ドクちゃんとの再会は、「どんな出会いもきっと明日への希望につながる」ということを、私に再確認させてくれました。

力強く生きるドクちゃん。私も見習いたいな、と思いました。

若い母親と赤ちゃん

最近、よく思い出すのは、ダルフールで出会った若い母親のことです。

彼女は怪我《けが》をした自分の赤ちゃんを難民キャンプに連れてきました。

「この子はもう死にそうなんです。見てください」

医師に手当てをしてもらいましたが、症状はあまり良くなりませんでした。

次の日の朝、母親は私たちに赤ちゃんを見せにきてくれました。そして、「まだ赤ちゃんが生きているの。ありがとう、ありがとう」と言うのです。

自分の赤ちゃんにも、「ありがとう、ありがとう。生きててくれて、ママは嬉しいよ」と話し続けるのです。

そのとき、私は胸を打たれました。

私は、自分の子どもにこんなに感謝して

いるだろうか。家族に対して感謝している だろうか。

私たちは、「自分が生きているのは当たり前、人が生きているのは当たり前」と思いがちです。しかしその母親の言葉を聞いて、反省しました。

生きていることって当たり前のことじゃない。自分の周りに家族がいて、友人がいてくれることも、当たり前じゃない。それは本当にラッキーで感謝しなければならないことなんだ――。

自分の命でも人の命でも、命が輝くときというのは、命が当たり前ではないということがわかったときかもしれません。

そしてそのときこそ、すべての命が輝いて見えるのではないかと思うのです。

第六章

今を生きる

——生命の輝きをあなたと

被災地でみた人間の本当の心

二〇〇八年六月、震度八を記録した中国・四川《シセン》大地震が起きてから一カ月後、被災地を訪ねました。死者は七万人に迫り、約一万八〇〇〇人がいまだに行方不明。三七万人が怪我《けが》をし、被災者は二九〇〇万人に上っていました。

私は震源地に近い成都市の「四川省人民病院」で、劉暢さんという二二歳の若者に出会いました。

彼の両足はふとももところから切断されていました。

「インターン生として働いていた会社で地震に遭い、同じ場所にいた仲間の女性をかばった末、崩れ落ちた建物の下敷きになって下半身を挟まれてしまった」ということでした。

ものすごく狭い場所で、女友達と折り重なるように下敷きになったまま、二人は助けを待っていました。

二日後、女友達は救出されましたが、劉暢さんは下半身を挟まれていたので、なかなか救助されません。

地震から四日後、ようやく助け出されたときには、病院で両足を切断せざるをえない状態でした。

救助を待つ間、劉暢さんは、「僕は今、自分の置かれている状況はよくわかっている」と、とにかく前向きに考えたそうです。そのときの唯一の願いは、「ここから早く出て、友だちや親にもう一度会いたい」ということでした。

「結局、土砂崩れなどで実家も崩壊し、両親は亡くなっていました」と淡々と話す劉暢さん。

「今の僕の二つ目の願いは、座れるようになること。座れれば、勉強もできるし、仕事もできますから」と、とても前向きです。

「三つ目の願いは何ですか」と私が聞いたら、「それは、二つ目が実現してか

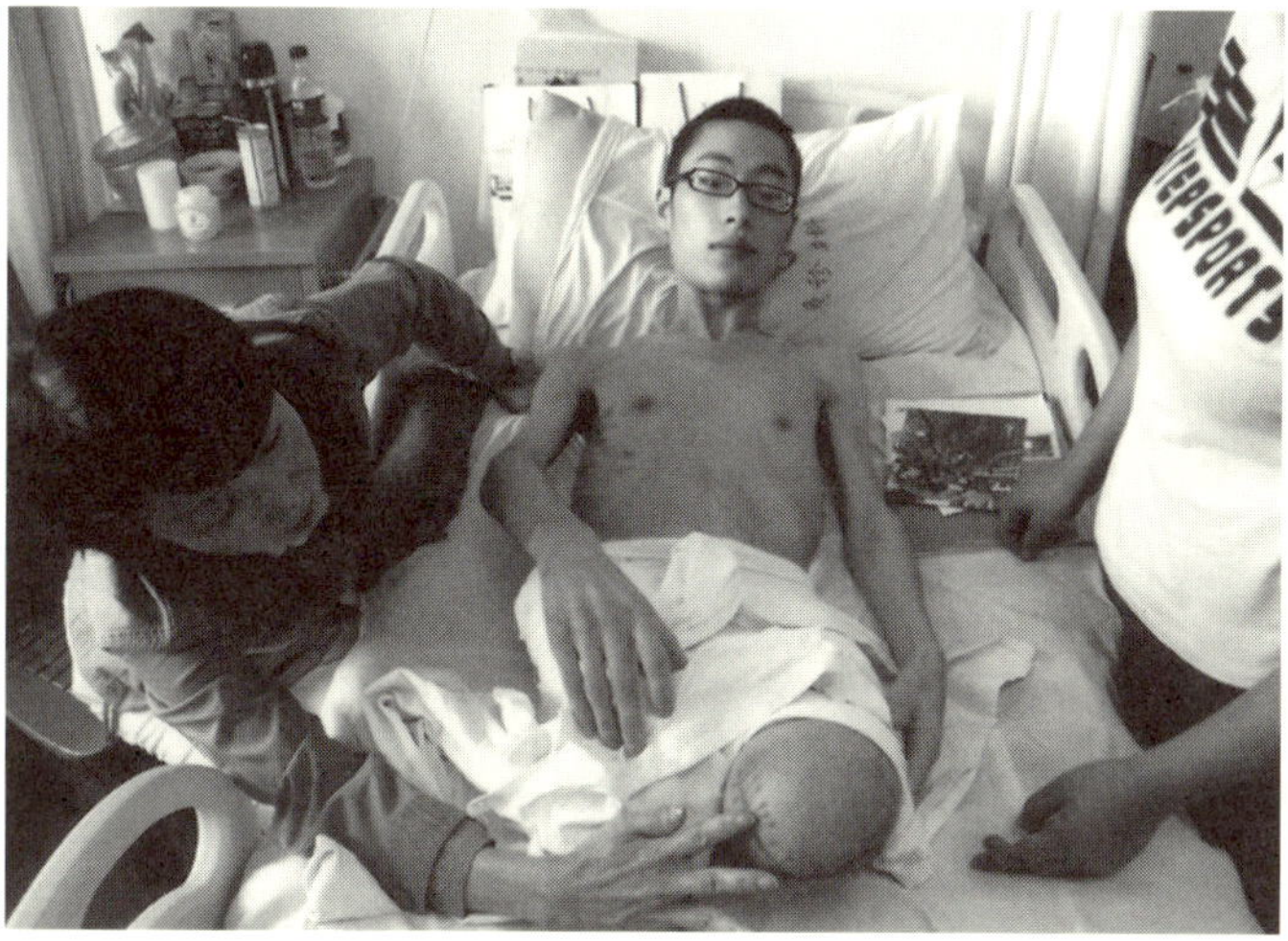

強い心の持ち主、劉暢さん（中央）

ら考えます。僕は自分が死ぬと思っていたから、救出されたことがすべての喜びだった。絶対に死にたくない、絶対に死なないと強く心に思っていたから、救出されるまで四日間も我慢《がまん》して生き抜くことができたのです」と答えてくれました。

何か災難が起きたとき、人間の本当の姿が見えるのだと思います。自分が助かることが先か、それとも人が先か。劉暢さんは強い心の持ち主だなと思いました。

人を守った結果、自分が

ハンディキャップを負っても、人をうらまず悔やまない。そして常に前を向いて生きる。

「あなたは英雄だね」と私が言ったら、彼に助けられた女友達が、「そう、彼は私の英雄です」と誇らしげに答えました。

生きているだけで ありがたい

すべてのものを一瞬で壊してしまう地震の破壊力はすさまじいものです。表通りは片付いていても、一歩裏道に入ると、成都の街でさえ、いまだに瓦礫《がれき》の山です。郊外には街全体が壊滅《かいめつ》してしまった集落がいくつもありました。

しかし、そんな大惨事《だいさんじ》の中でも、人間のたくましさと優しさには感動しました。

地震の直後から、中国各地、あるいは世界中から、たくさんのボランティアが被災地に集まってきたのです。

みんなでテント暮らしをしながら、食べ物も、トイレも、何もないところで必死で救助活動を行った。だからこそ、一〇〇万人以上の生き埋めになった人たちを救出することができたのです。

日本の救助隊の活動も、中国の人々に多くの感動を与えていました。

助け合いの精神のことを、中国では「大《ダー》愛《アイ》」と言います。その言葉どおり、世の中に大きな愛が存在していることを今回、中国の人々は改めて学びました。地震をきっかけにみんなの心の中にある純粋な「大愛」が発揮されたのだと感じたのです。

地震が発生して一、二カ月の間はまだみんな気が張っています。しかし、半年、一年と経つと、精神的にも肉体的にもストレスがたまってきます。

本当の支援が必要になるのはそれからです。ユニセフは今、復興に向けて長期的な支援を計画しています。

地震の被災者は、事件や事故と違って、怒りをぶつける相手がいません。それだけに、心の傷を癒《いや》すケアがよけいに必要となるのです。とくに子どもの心のケアは大切です。

「私にどこまでできるのだろうか」

被害のスケールがあまりに大きくて、一瞬、途方に暮れました。すると中国人ボランティアの方や被災者たちが、「会いに来てくれただけで十分なのですよ」と言ってくれました。その言葉は私の心に染みました。

「そうか、大げさなことは要《い》らない。自分の気持ちを伝えるだけでも、人には慰《なぐさ》めになるんだ。『あなた、大丈夫ですか』と声をかけるだけで、気持ちが通じて励ましになるんだ」

そう教えられました。

四川大地震の被災地視察は毎日、泣きすぎるほど泣いて、精神的にも、とてもこたえた長い旅でした。訪れる先々で黙祷《もくとう》をして、亡くなった方達が少しでも安らかに眠れるように祈りました。

一九九五年、阪神・淡路大震災のときにも、私は被災者の方々と触れ合ううちに「何気ない毎日を大事にしなければいけない。周りにいる人の生命を大事にしなければいない」ということを学びました。

地震のような天災のことを考えれば、人間誰でも、次の瞬間に何が起きるかはわかりません。だからこそ、今、みんなといるこの瞬間を大事にすることが大切なのだと心から思います。

「この一日を生き延びられたら、明日への希望を持って前向きにやっていける。でも、希望を失った瞬間にやっていけなくなってしまう。だから、何もなくても、すべてを失ってしまっても、生きていることだけでありがたいと思わなければいけないんだな」そう思いました。

心が孤独な人たち

世界にはいろいろな境遇、状況の中で生きている人たちがいます。

日本を振り返ってみると、毎日毎日、嫌というほどいろいろな事件、それも命にかかわる事件が連続して起きていて、胸が痛みます。

日本社会全体が、「欲求不満」なのかもしれません。その欲求不満がいろいろなかたちで事件となって表れているのかもしれません。

物欲、性欲、金銭欲……それらを満たすための方法やはけ口が見つからず、極端な行動に出てしまう人が増えているのだと思います。

どうして「欲求不満」になるのか。その下に眠っている理由の一つは、格差の問題だと思います。物質的不満や経済的不満、異性関係の不満など、人と比べられる社会が、あらゆる格差をどんどん広げているのです。格差社会の中で生まれてくる問題を、社会が消化しきれていないのです。

普通、人間は、家庭の中で育っていくうちに、常識や、人を愛することを教えられます。自分が一人の立派な人間であることが認められ、愛する人に愛されて、欲求が満たされるようになるのです。

しかし今の世の中、親やきょうだいの関係も希薄になり、心が孤独な人が多いのでしょう。

もちろん、孤独な人が必ず事件を起こすとはかぎりません。しかし孤独な心が抑えきれず、欲求不満が爆発して事件を引き起こす人がいます。こういう人は心が病んでいるのです。

普段は仮面をかぶって平然と生活しているのに、心が病んでいる人がたくさんいるという感じがします。若者だけでなく、教師、裁判官、弁護士、警察官、自衛官など、公の仕事をしている人たちの中にも、さまざまな事件を起こす人が増えています。

〝普段は大人しいまじめな人〟が突然凶悪事件の主人公になったりします。仮面をかぶってロボットのように生活していても、その心の中が孤独で病んでいる人が大勢いて、みんなギリギリのところでバランスをとって生活しているのです。

優しさの輪を広げる

格差社会で欲求不満の人たちが増えている日本の現状を打開するために、私たちは個人として何ができるのでしょう。

まず、どんな人であろうと、必ず良い面を持っているので、その人自身のあるがままの存在を認め、いいところを見つけて、それを励ますことが大切だと思います。

人間というのは、ぎりぎりのところまで追いつめられても、「ストッパー」があれ

ば事件を起こしたりはしません。

「周りは誰も自分を信じてくれないけれど、職場のあの人だけは声をかけてくれる。お茶を入れるときに、僕にも入れてくれた」

そういう小さなことがきっかけで、病んだ心が良くなっていく人もいるのです。

だから、一人一人がお互いに、人を認める習慣を持つことがキーワードです。

大事なのは、人の存在を透明にしないこと。ともすると、私たちは人を〝透明人間〟にしてしまいがちなのです。

たとえば、私たちは喫茶店で水を運んでくれる店員さんの顔を覚えようとはしません。その存在を見てはいません。でも、「私はお金を出しているんだから、あなたがサービスするのは当然。あなたに気をつかう

義務はない」という態度ではなく、ほんの一言でいいから、「ありがとう」とほほ笑むと、店員さんの人としての顔が見えてきます。

トイレに行って掃除をしている人がいたら、「ありがとう。ごくろうさま」と声をかけてみる。それだけで人間関係は変わっていきます。

そして周りの人を意識して、透明にしないことが、自分自身を透明にしないことにもつながるのです。

こうして一日を過ごしてみると、自分がいかにたくさんの人とかかわっているか、「ありがとう」と言わなければならない人が多いかに気付きます。

自分のことばかりに夢中にならず、いろいろな場面で周囲のいろいろな人に「ありがとう」と言う習慣をつければ、もっと社会全体が優しくなり、人間関係も豊かになっていくはずです。

人に優しくすることができれば、その人は少し強くなれます。そして、優しくされた人が次の人に優しくすることができれば、みんなの優しさの輪を少しずつ広げていくことができる。そう私は信じています。

歌に込めた、感謝の思い

二〇〇八年秋、「この良き日に」、「一人にはしないから」という二つの新曲を作詞・作曲しました。

「この良き日に」は、すべての日が「良き日」なのだ、毎日がお祝いなのだという気持ちで書きました。

　病気を経験したせいか、今、私はすべてのことをありがたく感じています。それは家族に対する感謝の歌でもあり、愛する人に対する感謝の歌でもあり、今までお世話になった人、ファンのみなさんに対する感謝の歌でもあります。

「この良き日に」

生まれたことに　出会えたことに
歩いた道に
感謝　感謝

桜が咲き　花びらを浴び
春の匂いに　希望を抱き
この良き日に　この良き日に
同じ夢　見ようよ

父母　兄弟　先輩　後輩
あなたと子どもに
感謝　感謝
波打ち際を　裸足《はだし》で歩き
夏の海に　力をもらい
この良き日に　この良き日に
幸せになろう

実ったものに　失くしたものに
味方に　敵に
感謝　感謝

もみじの栞《しおり》　年々に増えて
秋の紅《べに》に　やさしさを知り
この良き日に　この良き日に
思い出を作ろう

暖かい体に　交《まじ》り合う吐息《いき》に
心の平和に
感謝　感謝
初雪の朝　光る大地
冬の寒さに　愛に気づき
この良き日に　この良き日に
もう少し　愛し合おう
この良き日に　この良き日に
寄り添って　生きよう

この歌ほど、今の自分の気持ちを素直に表しているものはありません。

生まれたことも、人々との出会いも、先輩も後輩も、敵にも味方にも、みんなに感謝。

暖かい体、交じり合う息、それがあるだけで本当に嬉しい。みんなに感謝、感謝なのです。

愛と平和のメッセージ

病気になり、命について真剣に考え、再び生命の輝きを与えられ、今の私がいます。

毎日いろいろな苦労があるけれど、生命があるだけでとてもありがたいと思います。

それと同時に、残りの人生、もっともっ

とみんなに恩返しをしなければいけないと思っています。

私は病気から、人々から、時の流れから、自然から、いろいろなことを学びました。

得たものをバネに、どうすればみんなの役に立てるか、それを考えながら一日一日を大切に生きていこうと思います。

身近であれば、まず自分の屋根の下からはじめて家族、そして会社、地域、社会、国、世界というように視野を広げていき、やがて私がライフワークにしている愛や平和のメッセージを次の世代へ残すことができたら最高です。

そのためにも、自分ができるかぎりの活動を続けていこうと心に決めています。

人は、歳を取るものです。でも、自分が老いていくとは思いません。自分なりにそのときにできることを精いっぱいやるだけで、できなくなった自分は忘れます。

昨日の自分は忘れ、今日できることを、明日に向けて努力していく。それだけです。たとえ、できることが変わっても、若いときも、歳を取ってからも、命の輝きは一緒なのですから。

一七歳のときと同じようなことはできないけれど、五二歳にしかできないこともあります。七二歳になったら、きっと五二歳ではできなかったことが、できるようになると思います。でも、五二歳の自分はもういません。それは忘れて、七二歳の自分で精いっぱいに表現していけばいいのです。

魂は永遠に

「一人にはしないから」

一人にはしないから
そばにいなくても
どこかで君をいつも
見守っているから
一人にはしないから
数え切れないほど
愛の種を君の　心に託したから

泣かないで　悲しまないで
明日を信じて
瞳の奥の　光をいつも
なくさないで

耳を澄ませば　聞こえるはず
君のための　平和のメロディー
雲の向こうに　見えない星が
今夜も君を　照らしている

一人にしないから
時が流れても
かわる君をいつでも
ささえているから
一人にはしないから
夢につづく道が
涙がかわく頃に
君を待っているから

慌てないで　心配しないで
自分を信じて
別れはきっと　また会える日の
はじまりだから

まぶたを閉じれば　見えてくるはず
君の未来　平和の世界
空の向こうに　君のしあわせ
今夜も誰かが　祈っている

一人にはしないから
忘れないでほしい
誰より君を強く
愛しているから

そうさ君をいつでも
見守っているから

「一人にはしないから」という曲は、正直に言うと、遺言のつもりで書きました。

乳がんになったとき、一〇歳だった三男が、「ママは死んじゃうんじゃないか」と不安になったことがあります。

私は「絶対に一人にはしないから」と、息子に伝えました。そのときの気持ちを書いた曲です。

これはラブソングでもあり、何かに行き詰ってしまった人を励ますための歌でもあり、愛する人を失った人のための歌でもあります。そして困難に直面しながら一生懸命に生きている、世界の子どもたちを励ます歌でもあるのです。

砂浜に打ち寄せる波のことを考えてみてください。打ち寄せる波は消えてなくなるけれど、また新しい波が生まれてきます。決して海はなくなりません。大きな海の存在は永遠に変わりません。同じように、魂の存在は永遠です。魂はずっと愛する人と一緒に、永遠に存在し続けるのです。

私の夢

人生は、いくら狙ってもそのとおりにはなりません。成功している人は、単に成功を狙っただけではなく、やってきたチャンスの波にうまく乗れた人たちです。

私もサーフィンではないけれど、波が来

たときにうまく乗れるように、いつもサーフボードには乗っていたいと思っています。

でも、たとえ波が来ても、大きすぎたり、小さすぎたりして、うまく乗れない時もある。だから自分に合った、ちょうどいい大きさの波を見分けられる自分でいたいと思います。

人間は、歌を歌ったり、話をしたり、本を書いたり、芝居をやったり、いろいろなことができます。いつも心の目を開いていれば、チャンスが来たときに自分に何ができるかがわかります。

チャンスを待っている間は、平常心で努力をし続ける。そうして時を待つことができれば、チャンスが来たときには必ず、うまく波に乗れるはずです。

では、波に乗って最終的にどこへ向かうのかといえば、私の目標はずっと変わりません。

愛のある世の中、平和な世の中、そして私の目線はいつも、子どもと女性にあります。

世の中、強い立場だけでものを見ると、見落とすものがたくさんとあると思います。強い人は、弱い人の気持ちがわかりません。自分を守りきれない子どもや女性やお年寄り、体が不自由だったり、病気を抱えていたり、そういう人たちと同じ目線で、私はものを見ていきたいのです。

すると、世の中の、何が大事で何が大事でないのか、ということがわかってきます。照れずに言えば、私の目標は、やはり平和な世界です。それは果てしない夢かもしれない。それでもいいから、私は目標に向かって夢を見続けます。

私はこの命があるかぎり、平和への希望を捨てません。そしてこの夢を自分のすべての活動の糧にしたいと思っているのです。

今、この瞬間を生きる

私は、今、腕に五本の小さなブレスレットを付けています。五年間、乳がんのホルモン治療を続けることになっているので、一年が過ぎるごとに一つずつはずして、自分自身を励ましていこうと思っています。

闘病中は、自分を励ますことがとても大事です。小さくてもいいから一つずつ目標を立てて、一つを乗り越えられたら次を目指せばいい。一度に多くを願うと、自分の力が足りなくてつらくなってしまうこともあるから、一歩ずつでいいのです。

目に見える目標を作っていくことは、とても大切です。一分の目標を一時間に延ばしてみる。次は一時間を一日に延ばしてやってみる。そうしてラーメンみたいにどんどん引き延ばして、一つ一つの目標を楽しみながら達成していきましょう。

そうすると毎日が豊かになり、感謝の心で満ちあふれてきます。時間は惜しむように大切に使えば、短い時間でもたくさんのことができるものです。

私は今も、「人生」という名の階段を上

っている途中です。これからも、まだ先にはたくさんの階段が待っていそうです。その階段の先に何があるのか、どういう意味を持っているのかは、行ってみないとわかりません。

楽しいこと、嬉しいこと、悲しいこと、つらいこと、これからもいろいろなことがあるでしょう。しかし何があっても、多くの仲間と一緒に、自分らしく生きていこうと思います。

昨日の自分はもういません。だから、今の自分を大事にしたい。今できることを楽しみたいのです。

人生は一歩先に、何があるかはわかりません。だから、今、この瞬間を精いっぱいに、自分の良心に悔いのないように過ごしたいと思うのです。

生命の輝きは永遠

親しい人の死は、やはり悲しいことです。人と人とのつながりが、いきなり途切れてしまうので、愛する人にとっては、とてもつらいことです。

しかし、人間は生まれたら必ず死ぬものです。だから、生命の長さには関係なく、自分が納得して、充実して生きていくことが、本当の幸せなのかなとも思います。

生命はつながっています。生命はリレーです。生命は永遠にめぐりめぐるもの。自分の人生を走り終わったら、次の人に生命のバトンを渡すだけなのです。

波が消えても永遠に海があるように、自分の人生が終わっても、決して生命は終わりません。

私はよく「生命というのは、終わりのない愛の歌なのだ」と言っています。そう考えれば、何も怖いことはありません。

どんな生命でも、重さは同じ、輝きは変わりません。この世に、要《い》らない人は一人もいません。みんな必要だから生まれてきたのです。

私は、大きな病気を乗り越え、新たな生命を与えられました。その新しい生命をつかって、これからも平和のために、子どもたちのために、できるかぎりのことをしていきたいと思っています。

いつも感謝の心を忘れずに、焦《あせ》らずに、一歩一歩。そのプロセスを自分自身で楽しみながら、信じる道を歩いていきます。

2008年、日本対がん協会初代「ほほえみ大使」に就任。
リレーフォーライフのみなさん（右2人）と一緒に記者会見。

アグネス・チャン(AGNES CHAN)

1955年、イギリス領香港に生まれる。
72年、「ひなげしの花」で日本デビューし、
一躍アグネスブームを起こす。
上智大学国際学部を経て、
カナダトロント大学(社会児童心理学科)を卒業。
84年、国際青年年記念平和論文で特別賞を受賞。
85年、北京チャリティーコンサートの後、
食料不足で緊急事態にあったエチオピアを取材。
その後、芸能活動のみでなく、ボランティア活動、
文化活動にも積極的に参加する。
89年、米国スタンフォード大学教育学部博士課程に留学。
教育学博士号(Ph.D.)取得。
現在は歌手活動ばかりでなく、
エッセイスト、目白大学教授(客員)、日本ユニセフ協会大使として、
芸能活動以外でも幅広く活躍中。
2008年、(財)日本対がん協会初代「ほほえみ大使」に就任。

著書に、
『みんな地球に生きるひと Part3 〜愛・平和・そして自由〜』(岩波ジュニア新書、2007年)、
『そこには幸せがもう生まれているから』(潮出版、2008年)
など多数。

東京タワーがピンクに染まった日

今を生きる

2008年10月1日　第1版第1刷

著者　アグネス・チャン
発行人　成澤壽信
編集人　木村暢恵
発行所　株式会社 現代人文社

〒160-0004　東京都新宿区四谷2-10
八ッ橋ビル7階
TEL：03-5379-0307（代表）
FAX：03-5379-5388
E-mail：henshu@genjin.jp（編集）
hanbai@genjin.jp（販売）
URL：http://www.genjin.jp
振替：00130-3-52366

装幀　Malpu Design（清水良洋）
本文設計　Malpu Design（佐野佳子）
装画　鯰江光二
帯写真　Malpu Design（高倉大輔）
発売所　株式会社 大学図書
印刷所　ミツワ 株式会社

検印省略　Printed in Japan
ISBN978-4-87798-387-1 C5036